講談社文庫

殺人理想郷

警視庁北多摩署特捜本部

太田蘭三

講談社

目次

殺人理想郷

警視庁北多摩署特捜本部

首ツリー

1

電話が鳴った。

相馬《そうま》刑事が、受話器を取る。

警視庁北多摩《きたたま》警察署、刑事課の係官室である。

十二月二十日の午前六時四十分だった。

このとき、この刑事部屋にいたのは、強行犯係（殺人、強盗、強姦《ごうかん》、放火、誘拐《ゆうかい》担当）の相馬と鴨田《かもた》刑事、盗犯係の田畑《たばた》係長と川口《かわぐち》刑事の四人だけであった。

普通の日勤は、午前八時三十分から午後五時十五分までである。

この四人は、宿直だった。

「一一〇番で、首吊《くびつ》り死体発見の通報がありました」

と、通信指令室の係官が告げる。

「首吊りですか」

相馬の口から声がもれる。

鴨田が、相馬の長い顔を見た。

田畑と川口も、相馬に目を向ける。

「通報者は、犬と散歩中の男性だそうですが、名乗っておりません。首吊りは、二体ということです」

「えっ、二人」

相馬の声が、ちょっと大きくなる。

「現場は、国立《くにたち》市泉《いずみちょう》町緑地です。雑木林のある小さな公園です」

「わかりました。現場へ急行します」

相馬は、受話器を置いた。この電話の内容を田畑に告げる。

「心中かね」

と、田畑が声を返す。

「わかりません。カモさんと出かけます」

相馬は、席を立った。

鴨田も腰をあげる。

二人は、この刑事部屋を出た。足早に廊下をすすみ、受付カウンターのわきを通って、玄関を飛び出す。駐車場へ走って、捜査専用車に乗りこんだ。目立たない白のカローラである。

相馬は運転席に、鴨田が助手席にすわる。

「首吊りでも、景気よく、サイレンを鳴らして行きますか」

鴨田が、はずみぎみの声を出す。

「景気がわるいから、首を吊ったのかもしれないよ」

相馬は苦笑をもらした。

赤色灯を光らせ、サイレンを鳴らして走り出す。

甲州《こうしゅう》街道へ出て、新宿《しんじゅく》方向に向かった。

「現場、わかってるんですか？」

鴨田が、相馬を見やる。

「ああ。多摩川《たまがわ》の近くだからね。釣りの帰りに、まわり道をしたことがある」

「ウマさんは、釣りのベテランだからな」

「ベテランは、カニさんだ。おれは、まだまだ……」

カニさんは、この二人の上司だ。強行犯係の係長で、蟹沢《かにさわ》警部補のことである。

ウマさん、カモさん、カニさんは、いずれもニックネームだ。

相馬は、三十二歳で独身だった。身長一八〇センチ、体重八〇キロ、肩幅が広くて、胸板も厚い。骨太で筋肉質だ。そして、そのニックネームどおり顔が長くて、顎《あご》が、いくらか前にしゃくれている。スポーツマンふうに頭髪を短く刈りこみ、眉《まゆ》は濃くて、頬《ほお》も、きりっと締まっている。日焼けしていて、血色もいい。それなのに精悍《せいかん》な容貌《ようぼう》に見えないのは、本物の馬のような、やさしい目をしているからだろう。

おまけに、いつも、のんびりとしていて、ウマさんなのに、その動作は牛をおもわせるのだ。しかし、いざとなれば、柔道三段、剣道二段で、足が自慢の泥棒を追い抜いて走った、と評判になるほど足も速く、体も、しなやかで、バネがあって、とても俊敏な動きを見せるのである。ウマさんの「馬鹿力」も有名で、溝にタイヤを落とした軽自動車を一人で持ちあげたという噂もあり、よく飲み、よく食うから、「牛飲馬食」は知れわたっている。

いっぽう鴨田は、強行犯係で、いちばん若くて、二十七歳。独身だ。相馬とちがって、長髪だし、のっぺりとした顔をしている。体つきも、すらっとしていて、一見ひ弱な感じがするが、剣道二段で、竹刀《しない》を取れば、相馬と互角の腕前だった。ときたま有力な情報を仕入れてきては、「カモさんが、ネギを背負《しょ》ってきた」と言われている。そして本人も、ソバのカモナンバンが好物なのである。

国立市内に入った。

右折して、多摩川に向かう。中央《ちゅうおう》自動車道のガードをくぐると、土手の手前で左折した。広くて新しい舗装路を府中《ふちゅう》市の方向へすすむ。以前は田畑だったが、いまは、多摩川と中央自動車道に挟まれた造成地になっている。右手に新しいマンションが並んでいた。左手のところどころに倉庫などが建ちはじめている。

車の行き交いは少ないし、歩道にも、人は見当たらない。

左折して、緑の中に入った。ここの舗装路も新しかった。歩道の際《きわ》に芝生や植込みが見える。右手に雑木林があった。右へまがって、雑木林ぞいにすすむ。

道端に、黒い乗用車とパトカーが停《と》まっていた。

そのパトカーの後ろに捜査専用車を停める。

相馬と鴨田は、車を出た。

雑木林の奥へ遊歩道が通じている。その入口にパトカーの巡査二人が立っていた。

「やぁ」

相馬が、気さくに声をかける。

「こちらです」

年嵩《としかさ》の巡査が、先に立つ。二〇メートルほど奥へすすんで、足を止めた。

落葉樹が多くて明るい雑木林だが、そこの一画だけは、うっそうと葉が茂り合って木陰を作っていた。一抱《ひとかか》えほどもある太い幹の常緑樹が四本、寄りあつまるようにして根を張っている。

「ドングリの木ですね」

あおぎ見て、鴨田が言った。

「ああ、樫《かし》の木だ」

相馬の目が、めずらしく刑事らしい光をおびる。

手前から二本目の樫の木の枝に、男が二人並んで吊り下がっていた。足元に木製のベンチが倒れている。葉の隙間《すきま》から、もれる陽射しが、二人の死体に小さな明るい斑《はん》紋《もん》をチラチラと、またたかせていた。一人は、首を前に折り、黒い頭髪を垂らして、紺色のスーツ姿だった。もう一人は、白髪まじりの頭髪で、黒っぽいジャンパーを着ている。二人とも革靴を履《は》いたままだった。その靴が地面から四〇センチほど上にあって、ズボンの裾に靴下の足首を覗《のぞ》かせている。

相馬は、腰をかがめると、靴下の上から二人の足首にさわった。指先に、ひんやりとした感触がくる。

そのとき、鴨田が、その木の向こう側へまわって、

「もう一人います」

と、唐突に声をあげた。

相馬と年嵩の巡査も、まわりこむ。

反対側に張り出した太い枝に、男が、ぶら下がっていた。革靴の足は、地面から一メートルほど上にあった。茶色のスーツを着ている。

「一本の木に、首吊りが三人ですよ」

鴨田が、唸《うな》るような声を出す。

相馬は、また、靴下の上から足首にさわった。先の二人より冷たいのが、わかる。

「太い幹と茂みに隠れて、遊歩道から見えなかったんですね」

年嵩の巡査も、興奮ぎみの声を出す。

「署へ知らせてくれ。カニさんには、直接自宅へ」

相馬の声は落ちついている。

「了解」

鴨田が、背中を見せて駆け出していく。じきに、もどってきて、

「署でも、びっくりしてました。カニさんは、すぐに自転車で駆けつけるそうです」

と、告げる。

蟹沢の住居は、国立市内の富士見台《ふじみだい》団地だから、自転車なら、この現場まで二十分とかからない。

十数分経《た》ったころ、自転車で走ってきた。黒革のハーフコートを着て、毛糸の手袋をはめている。短い足でセカセカと遊歩道を歩いた。

この蟹沢は五十歳。所帯持ちだ。ニックネームどおり、その容貌も平家蟹《へいけがに》をおもわせる。白髪の目立つ頭髪を角刈りふうに短く刈りこんでいた。眉が濃くて、目がギョロッとして大きい。鼻は低くて、小鼻が開いている。唇《くちびる》は、いくらか薄めだが、口は大きかった。顎が張っていて、太い首をしている。小柄だが、肩幅があって、がっしりとした体軀《たいく》だった。

「一本の木に首吊りが三人か。ただごとじゃない」

ギョロッと目を光らせながら、着衣の上から三人の死体に手を当てた。相馬に目を向けて、

「死亡時刻を、どう見るね」

「体温の冷却から見て、茶色のスーツの男のほうが先に死亡しています。並んでいる二人は、それからあと、同時刻に死亡したものとおもわれます」

相馬が、こたえる。

「うん。ま、そういうことだね」

蟹沢は、首を小さく縦に振った。

「ホトケの冷えぐあいですね」

と、鴨田が口を出す。

「ああ。死後四時間までは、直腸内の温度が、一時間ごとに一度ずつ下がる。死後一、二時間で手足や顔に触れると、冷たく感じる。死後四、五時間経つと、着衣まで冷たくなる。もっとも気温にも影響されるがね」

蟹沢は、鴨田に目を移した。言葉をついで、

「鑑識にも連絡をとった。課長や代理も来るだろう」

「事件性がある、ということですか？」

鴨田が、また口を出す。

「ホトケを調べないことには、なんとも言えないがね」

と、蟹沢が言う。

それから三十分ほど経ったころ、北多摩署刑事課の佐藤《さとう》課長や久我《くが》課長代理が、捜査専用車で駆けつけてきた。

佐藤は、蟹沢と同年輩で、小柄だった。頭髪を、いつも、七・三に分けて、きちんとネクタイを締めている。きょうは、グレーのマフラーに黒のオーバーだった。久我は、四十歳をすぎたばかりだ。中背で痩《や》せていた。額が広くて、銀ブチのメガネを光らせている。カーキ色のトレンチコートの襟《えり》を立てていた。

強行犯係の小松《こまつ》部長刑事や森《もり》、土屋《つちや》、中丸《なかまる》、堅田《かただ》刑事らも姿を見せる。

鑑識係員らも、鑑識車やワゴン車で到着した。

「クリスマス・ツリーじゃなくて、首ツリーだね」

三人の死体に視線を這《は》わせてから、久我が言った。

しかし、この駄ジャレは受けなかった。だれも笑わない。

「三人とも、定型的縊死《いし》だな」

佐藤が、断定的な言葉を吐く。

首吊りを縊死という。そのとき、使用されるのは、ロープなど細長い紐状《ひもじょう》のもので、これを索状物《さくじょうぶつ》という。

定型的縊死というのは、その索状物が首の前部から左右対称に耳の付け根の下をまわって、首の真後ろに達し、そこで結んで結び玉を作るか、そのまま結ばずに上方を吊る。その際、足が宙に浮いて、全体重が索状物にかかるのである。非定型的縊死は、結び玉が首の真後ろになく、左右いずれかにずれて、索状物が左右対称でなく、足や膝《ひざ》など体の一部が地面や床などについていて、全体重が索状物にかかっていない場合をいう。

「見た目は、そう見えますがね」

蟹沢は、ふくみのある言葉を返してから、

「まず写真撮影だ。それから、ホトケを降ろす。ロープは切らずに解《ほど》いてくれ。現場保存にも気をくばるように」

ちょっと声を大きくして指示をした。

鑑識係員が、カメラをかまえて、何度も、シャッターを押し、フラッシュの閃光《せんこう》をはしらせる。

樫の枝のロープが解かれて、三人の男の死体は、シートの上に横たえられた。三体とも、全身の関節が硬直している。鑑識係員が、丁寧《ていねい》に首のロープも解いた。

並んで吊り下がっていた二人、紺色のスーツの男と、黒っぽいジャンパーの男の顔面は、ともに蒼白であった。そして、首のロープの痕《あと》、つまり索状物が食いこんだ痕、これを索溝《さっこう》というのだが、二人とも、その索溝は、定型的縊死どおりであった。縊死の場合は、顔面が蒼白になる。もう一人の茶色のスーツの男の顔面は、淡い暗紫色《あんししょく》を呈して腫《は》れあがっていた。しかも、索溝は二本あった。一本は、定型的縊死どおりだったが、もう一本は、首のまわりを水平に一周していて、首の後ろで交叉《こうさ》していた。

絞死の場合は、顔面は、暗紫色に腫れあがる。

「うーん。絞め殺してから自殺に見せかけて吊るしたのか。一人だけ他殺だな」

佐藤にも、わかった。唸り声を出す。

「本部（警視庁）にも通報だ。実況見分《じっきょうけんぶん》と採証にかかってくれ」

蟹沢が、また指示をする。

五十分ほど経ったころ、本部（警視庁）捜査一課、第六係の三田村《みたむら》管理官と黒田《くろだ》係長以下十名の刑事たちが急行してきた。本部捜査一課には、殺人事件専従係が十係あって、こうして所轄署《しょかつしょ》に殺人事件が発生すると、応援に駆けつける。

捜査一課長の中藤《なかふじ》も臨場した。

黒田は、本部の係長だから、所轄の係長の蟹沢より階級が上で警部である。

蟹沢は、本部の捜査一課に長年いたから、第六係の刑事たちとは付き合いがあるし、黒田とも親しかった。中藤は元の上司である。

本部の鑑識課員らも駆けつけてきた。鑑識の場合、所轄では係だが、本部では課である。

蟹沢は、中藤と黒田に、これまでの経緯を報告した。

「ホトケの所持品を調べてくれ」

こんどは、黒田が指示を出す。

鑑識課員や係員らが、手袋の手で、着衣のポケットを探り、中の物を取り出した。

紺色のスーツの男は、財布と名刺入れを所持していた。黒革の財布には、一万円札が三枚に千円札が二枚。黒革の名刺入れには、おなじ名刺が二枚入っていた。その名刺には、〈江之田《えのだ》工建《こうけん》、代表取締役、江之田和人《かずと》、新宿区西新宿七丁目、ロイヤルビル〉と記されていた。電話やファックスの番号も記入されている。

黒っぽいジャンパーの男の、茶革の二つ折りの財布には、五千円札が一枚と普通自動車の運転免許証が入っていた。名前は〈赤松久雄《あかまつひさお》〉、生年月日から、年は六十、とわかった。住所は〈立川市《たちかわ》錦町《にしきちょう》一丁目〉となっている。

そして、この二人は、ともに、遺書を持っていた。

他殺と見られる茶色のスーツの男は、ワニ革の財布と対《つい》の名刺入れを持っていた。

財布には、一万円札が六枚と五千円札が一枚、千円札が三枚入っていた。名刺入れには、おなじ名刺が七枚入っていた。〈飛田《とびた》商会、代表、飛田芳夫《よしお》、新宿区北新宿一丁目、シャトービル二F〉と記されていて、電話やファックスの番号も記入されている。

「名刺の枚数から見て、飛田芳夫本人と見て、まちがいないね」

蟹沢は、そう言って、ギョロッと目を光らせると、その死体に舐《な》めるような視線を這わせた。

相馬の目も、飛田の死体にそそがれている。

体形は、中背で小太りだった。顔面は腫れあがっているし、白濁した目を剝《む》いているので、顔立ちを的確につかめないが、額のあたりの頭髪が薄いのが、わかる。年は四十半ばに見えた。

「新宿へ走ります」

蟹沢は、黒田に告げると、相馬と捜査専用車に乗りこんだ。

2

相馬と蟹沢の乗る捜査専用車は、国立府中インターから中央自動車道に入った。

午前九時半を、まわっている。

高井戸《たかいど》インターから首都高速四号新宿線に入り、新宿インターで降りると、西新宿のビル街を走り抜けて、北新宿一丁目に入った。

〈シャトービル〉は、白っぽい壁の古びた五階建てのビルであった。右隣りには、赤レンガの新しいマンションが建っている。左側は、小広い空地で駐車場になっていた。

二人は、車を出た。〈シャトービル〉の玄関に入る。廊下が奥へ通じていて、左手にエレベーターがあった。

エレベーターで二階へ上がる。

廊下を奥へすすむと、右手のグレーの金属製のドアに〈飛田商会〉の文字が黒く横に並んでいた。

蟹沢が、ドアのわきのインターホンのボタンを押す。

「どなたですか?」

と、女の声が訊《き》いてくる。

「警察のものです」

蟹沢は、インターホンに顔を寄せた。

ドアが細めに開く。チェーンをかけたまま、女が顔を覗かせた。

蟹沢は、ズボンのポケットから紐つきの警察手帳を取り出した。酔っぱらって、なくすと、たいへんだから、腰のベルトに結びつけているのである。

女の目が、その手帳にそそがれる。チェーンをはずすと、

「どうぞ」

ドアを大きく開けた。

蟹沢が入る。つづいて、相馬も入った。

テーブルカウンターの向こうに応接セットがあった。右手の壁際には、ロッカーが、左手の窓辺には、事務机が置かれている。

奥に、もう一つドアがあった。

「社長が届けたんでしょうか？」

と、女のほうから訊いてくる。

「いや。……何かあったんですね？」

と、蟹沢は訊き返した。

「社長はいないし、金庫が開いたままなんです」

「金庫は、どこに？」

「こちらです」

女が、奥のドアを開ける。

二人は、女につづいて、その部屋に入った。

ここにも、応接セットがあった。黒い革張りのソファーが大きかった。木製の大きな机が置かれている。その机の後ろの壁際に金庫があった。

幅が一メートル、高さが一・五メートルほどの大きさだった。扉が開いたままになっている。何も入っていなかった。

窓のブラインドが下りている。頭上に明かりが点《つ》いていた。

蟹沢は、この部屋を見まわしてから、視線を女に当てて、

「社長さんの、お名前は？」

おだやかに質問をはじめる。

「飛田芳夫です」

女が、こたえた。

「お年は？」

「四十二です」

「ここは、どういう会社ですか？」

「金融業をしております」

女の表情は怪訝《けげん》げだが、言葉つきは、はっきりしている。

相馬も、女を見つめている。

面長《おもなが》で、鼻が高く、二重まぶたの目尻が、ほんのわずかに下がっている。横分けにしたショートヘアが、よく似合っていた。ピンクベージュの紅をさした唇が艶《つや》めいて見える。白いブラウスにグリーンのベストを重ねて、おなじグリーンのスカートを穿《は》いている。短めで膝を見せていた。その下肢も、すらっとしているし、体つきも、すらっとしている。

――いい女だな。

色気より食い気の相馬でさえ、そうおもう。

「あなたの、お名前は？」

蟹沢が、おだやかに質問をつづける。

「田所宏美《たどころひろみ》と申します」

「失礼ですが、お年は？」

「三十三です」

「若く見えますな。二十代かとおもいましたよ」

蟹沢は顔を和《なご》めた。真顔にもどって、

「田所さんのほかに社員の方は？」

「わたしだけです」

「すると、社長の飛田さんと、おふたりで？」

「はい」

と、宏美は返事をして、

「わたしは、お茶汲《ちゃく》みや電話番だけで、帳簿や金銭の出し入れは、社長がしております」

「飛田さんは、街の金貸しということですね？」

「はい。ま、そうです」

「今朝は、何時に来ましたか？」

「九時出勤になっていますので、九時、ちょっと前です」

「飛田さんは？」

「いつも、だいたい九時半ごろにまいります」

「あなたは、最初、――社長が届けたんでしょうか、と訊きましたね」

「はい。わたしが来たとき、ドアのカギが、かかっていなかったんです。おかしいとおもって、社長室に入ると、金庫が開いたままでした。泥棒とおもって、社長の自宅へ電話したんです。でも出ません。いつもなら、お掃除するんですけど、しないで、社長を待っておりました。すると、刑事さんがいらしたので、社長が届けたのかしら、そうおもって、……」

「飛田さんの自宅は？」

「新宿区大久保《おおくぼ》二丁目の〈ハイパレス〉というマンションです」

「ご家族は？」

「いえ。おひとりです」

「奥さんは？」

「三年ほど前に離婚なさったと聞いてます」

「あなたも独身ですか？」

「はい」

「お住居《すまい》は？」

「府中市府中町三丁目の〈ビューコーポ〉というアパートの一〇三号室です」

宏美は、そう告げてから、不安げに、

「社長に何か？」

「きのう、何か変わった様子はありましたか?」

蟹沢が、こたえずに訊き返す。

「いいえ」

「あなたが、ここを出たのは、何時でした?」

「退社は、五時になってます。きのうも五時に帰りました」

「そのとき、飛田さんは?」

「まだ、ここにいました。いつも、社長のほうが帰りが遅いんです」

「きのう、飛田さんは、どんな服を着てましたか?」

「茶系のスーツです」

「小太りで、おでこが禿《は》げあがってますね?」

「ええ」

「じつは、飛田さんは亡くなられました」

「えっ」

と、宏美は声をもらして、

「事故ですか?」

「いや。事件に巻きこまれたんです」

「社長が……」

宏美が、言葉をとぎらせて、表情を暗く沈ませる。

「飛田さんの身内は？」

「妹さん、ひとりだそうです」

「名前と住居は？」

「久子《ひさこ》さんと聞きました。結婚なさっているそうです。社長の住所録を見れば、わかるとおもいますけど……」

宏美は、そうこたえると、小さく鼻をすすりあげた。

「鑑識を」

蟹沢が、相馬に首をまわした。

「はい」

相馬が、ブルーのジージャンのポケットから白い手袋を取り出す。それをはめながら背中を見せた。入口のドアを開けて出ていく。

蟹沢と宏美も、この社長室を出た。

「わたし、どうしたら、いいんでしょう」

宏美が、表情を翳《かげ》らせたまま困惑げに訊いてくる。

「犯人が指紋など残しているかもしれないから、これから調べます。あなたの指紋も必要です。協力してくれますね？」

「はい」

「ところで、このビルの管理人は？」

「いないんです。ときどき、管理会社の人が見まわりや掃除に来てます」

宏美は、そう言うと、くずれるように応接セットに腰をおろした。

蟹沢も、向かい合ってすわる。

「いつから、ここに、お勤めですか？」

「一年ほど前からです」

「どなたかの紹介で？」

「いえ。新聞の求人広告です」

「飛田さんの血液型、ご存知ですか？」

「B型と聞きました」

「あなたは？」

「A型です」

宏美が、両手を膝にそろえて、うなだれる。

相馬が、もどってきた。

それから十二、三分経ったころ、所轄の新宿柏木《かしわぎ》署の刑事課、強行犯係の北中《きたなか》係長と刑事、鑑識係員らが駆けつけてきた。

北中は、蟹沢が本部捜査一課にいたころの同僚である。同年輩で、いまでも顔を合わせれば一杯やる仲だった。

「よう。北さん、来てくれたか」

蟹沢が、親しげな声を出す。

「一課長から連絡をもらった。協力するよ」

北中の言葉つきも、気さくだ。

「たのむ」

「ああ」

北中は、小さく首を縦に振ってから、

「まず、この現場の見分だ。それから採証にかかってくれ。指紋や掌紋《しょうもん》、髪の毛一本たりとも見逃さないように」

と、声を大きくして指示をする。

宏美の指紋も採取した。

3

十二月二十日の午後、北多摩署に〈首吊り偽装殺人事件特別捜査本部〉が設置された。

捜査本部長は、北多摩署の大河原《おおがわら》署長だが、実際の捜査の指揮は、中藤一課長がとる。

捜査会議が、はじまったのは、午後七時であった。

二階の会議室である。机が、コの字形に並んで、中藤や三田村、黒田、佐藤や久我らが、上席にすわった。蟹沢や相馬、鴨田、小松、森らも顔をそろえる。第六係の刑事たちも席についた。

「検視の結果から報告します」

と、佐藤が口を切って、

「江之田和人、五十八歳と、赤松久雄、六十歳の死因は、あきらかに縊死で、両者ともに、死体の硬直や索溝の色などから見て、死亡推定日時は、本日二十日の午前二時ごろということです。索状物は、ともに建築現場で使われる安全綱、つまり、セーフティーロープであります。あらかじめ、ロープで輪を作り、それを樫の木の枝に結びつけたあと、輪の中に首を突っこみ、ベンチを蹴《け》って、両者は同時に吊り下がったものと推測されます。そのときすでに、飛田芳夫、四十二歳の死体は、おなじ木の反対側の枝に吊るされていた、そのようにおもわれますが、夜中の暗さから、両者は気づかなかったものでしょう」

そう告げると、言葉をつづけて、

「江之田と赤松は、自殺と断定しました。江之田は、建築会社〈江之田工建〉の社長で、会社は、西新宿七丁目の〈ロイヤルビル〉にありました。しかし、先月の暮れに倒産しております。負債額は約十五億円ということです。住居は、管内の立川市羽衣《はごろも》町《ちょう》二丁目で、家族は、妻、昌子《まさこ》さん、五十歳と、娘、朋子《ともこ》さん、二十二歳の二人です。昌子さんが、身元の確認をしております」

「多額の生命保険に入っていたそうだね」

と、中藤が口を入れる。

「保険会社、五社と契約していて、保険金総額は、三億八千万円ということです」

佐藤が、こたえた。また言葉をつづけて、

「赤松は、工務店を経営。〈江之田工建〉の下請けをしていて、江之田の倒産で連鎖的に倒産しております。負債額は二億三千万円。事務所兼住居は、立川市錦町一丁目にあります。半年ほど前に、女房を病気で亡くしており、自殺の動機は、それもあったと、おもわれます。雄一《ゆういち》さん、三十三歳と、京子《きようこ》さん、三十歳です。この雄一さんが身元の確認をしております。生命保険金は、六千万円だそうで現場に停めてあった黒の乗用車は、赤松の所有でした。おりましたが、事件との関連性がないので発表いたしません」

「このところ、自殺者が急増しており、厚労省の人口動態調書によると、今年はすでに三万人に達しているということです。過去の年間記録を更新しているそうで、なかでも、四十歳代から六十歳代の男性が増えており、倒産やリストラに直撃されたのが引き金と見られております。いまや、中高年の自殺は社会問題となっているのであります」

久我が、もっともな顔で口を出す。

「問題となっているのは、殺人《コロシ》と首吊りの偽装だとおもいますけど」

言わなくてもいいのに、鴨田が言った。

久我が、鴨田を睨《にら》んで、しぶい顔になる。

相馬は、鴨田の隣りで目をつむっている。

「赤松工務店の連鎖倒産は、わかりますが、〈江之田工建〉の倒産の原因は何ですか?」

と、蟹沢が質問した。

「〈江之田工建〉は、八王子《はちおうじ》市内でビルを建築中だった。ところが、施主、つまり工事発注主が倒産して、工事代金が入ってこなくなり、それから急激に経営が悪化したということです。江之田は、資金繰りに苦しみ、街の金融業者からも金を借りて、きびしい取り立てを受けていたそうです」

と、佐藤が言う。

「街金《まちきん》は、暴力団がらみが多いそうだから、取り立ては、きついでしょうな。自殺を決意したのは、江之田が先とおもわれますね」

蟹沢が、納得した顔になる。

「吊り下がったのは、いっしょだろうがね」

と、黒田が口を入れた。

「本件に入ります」

佐藤が、ちょっと声を大きくして、

「飛田芳夫、四十二歳の死因は絞死であります。索溝は二本あって、一本は定型的縊死同様の索溝、もう一本は、首のまわりを水平に一周していて、首の後ろで交叉しておりました。背後から紐状のもので絞めたものと推測されます。さきほど報告を受けた解剖所見によると、索溝直下に皮下出血があり、輪状軟骨に骨折が見られるということです。血液型はB型。死亡推定日時は、昨日十九日の午後八時前後となっております。樫の木の枝で使用されていた索状物は、洗濯用の白いビニールのロープです」

「飛田の着衣から、自宅のキーなど、カギは発見されたかね？」

と、中藤が問う。

「いえ。見つかっておりません」

佐藤は、中藤に顔を向けた。

「普通なら、自分の家のカギくらいは持っているものです。カギを所持していなかったのは、他殺の証拠になりますね」

黒田も、中藤に首をまわす。

「北新宿一丁目の〈シャトービル〉の二階にある〈飛田商会〉を捜査しました。飛田は金融業をやっておりました。つまり、街金です」

蟹沢が、報告に入る。つづけて、田所宏美と交わした会話の内容や、社長室や事務所の状況などを、くわしく告げると、

「見分と採証の結果は、新宿柏木署の北中係長からの連絡待ちです。宏美さんが持っ

ていた事務所のカギは、わたしが預かってきました。飛田の妹、久子さんは結婚して、西山《にしやま》に姓が変わっていて、住所は、東京都小金井《こがねい》市中町《なかちょう》四丁目、と突き止めました。電話番号も、わかりましたが、いまのところ不在です」

「金庫の扉は開いたままで、空《から》っぽだったんだね」

念を押すように、中藤が言った。

「そうです。飛田が金庫を開けるところをねらって、後ろから首を絞めたものでしょう。当然、顔見知りの犯行で、金庫の中身を取ってます。したがって、殺人《コロシ》の現場は、〈飛田商会〉の社長室ということになります。死体を運び出して、国立の泉町緑地まで運び、樫の木の枝に吊るすには、単独犯では無理です。犯人は複数と見ます」

と、蟹沢が語気を強める。

「街の金融業者は、高利貸しが多い。高い利息を取られて、きびしい取り立てを受けたら、恨《うら》みたくもなるからね」

「怨恨《えんこん》の線ですね」

久我が、口をはさんだ。

そのとき、きちんと椅子にすわったまま、相馬が寝息を立てはじめた。

隣りの鴨田が、肘《ひじ》で小突《こづ》く。

とたんに、相馬が目を開けた。寝惚《ねぼ》けまなこで、

「はい」

と、声を出す。

みんなの視線が、いっせいに相馬にあつまった。

「ウマくん」

中藤が、相馬に笑いかける。

一年あまり前、この所轄署で、殺人事件の捜査会議が開かれたおりにも、相馬は、こうして、きちんと椅子にすわったまま鼾《いびき》をかいたのだった。だが、その事件の犯人検挙の糸口をつかんだのは、相馬であった。それ以来、中藤は、親しげに「ウマくん」と呼ぶのである。

「きのうは宿直だったんだね」

「はい」

こんどは、まともに返事をする。

「吊り下がった三体を見つけたのは、ウマくんだね」

「先に見つけたのは、鴨田です」

「ま、いずれにしろ、ご苦労さん。今夜は、ゆっくり、やすみなさい」

「はい」

相馬は、長い顔を和めた。

「会議中に寝るなんて不謹慎《ふきんしん》ですよ」

久我だけが、冷ややかに相馬を睨んだ。

そのとき、相馬の席のあたりから、ププゥー、プゥーッと音がした。

相馬を睨む久我の目つきが、けわしくなる。

「わたしです」

と、鴨田が告げた。

「きみも不謹慎ですよ」

久我が、鴨田に目を移して睨む。

「ですけど、出もの腫れもの、ところきらわず、と言いますから」

と、鴨田が言い返した。

「まぁまぁ、こういう席では、なるべく音のしないように」

とりなすように、佐藤が口をはさむ。

中藤が、吹き出した。真顔にもどって、

「これからの捜査方針だがね」

「飛田から金をかりていた客の捜査が必要です。宏美さんは、帳簿や金の出し入れは、社長がしていたと、言っております。おそらく金庫に入れていたものでしょう。いまの段階では、帳簿は見つかっておりません。客の割り出しは容易でないとおもいますが、やるより手はありません」

蟹沢の言葉つきは、てきぱきしている。

「飛田の住居は、新宿区大久保二丁目の〈ハイパレス〉というマンションだったね」

黒田が、蟹沢に念を押す。

「そうです。三年前に離婚したそうだから、おそらく、ひとり暮らしでしょう」

「そのマンションの捜索も必要だね」

黒田の語気が強まる。

「飛田は、自分の金を貸していたのか、それとも金主《きんしゅ》がいたのか。街金の場合は、たいがいバックに金主がいるものです。その金主が個人なのか、組織なのか、その捜査も必要です」

蟹沢は、中藤に目を向けた。

「よし、わかった」

中藤は、首を一つ縦に振って、

「まず、飛田のマンションの捜索、つぎに、金銭貸借《きんせんたいしゃく》の客と金主の割り出し、トラブルがあったかどうか。飛田の身辺や交友関係、独り者だと女性関係の捜査も必要だね。あしたから、がんばってください」

と、声を大きくして指示をする。

「あのう、まだ、あります」

と、相馬が発言した。

「なんだね、ウマくん」

中藤が、相馬を見やる。

「殺しの現場が、北新宿一丁目の〈シャトービル〉二階の事務所だとすると、そこから死体を運び出さなくてはなりません。目撃者のいる可能性があります」

「うん、なるほど」

中藤は、相馬にうなずいて見せてから、

「地取り捜査もやってください」

と、また声を大きくした。

地取り捜査というのは、現場一帯の訊き込みである。

美人警部

1

十二月二十日の夜、捜査会議のあと、蟹沢は、西山久子に、もう一度、電話をかけてみた。

こんどは、久子が、すぐに出た。

北多摩警察署の蟹沢と名乗って、飛田芳夫の死亡を告げる。

「夕刊で見ました」

久子の声は、意外に落ちついていた。

「身内は、あなたが、おひとりですか？」

「はい」

「ご足労をかけますが、署へ来ていただけませんか？」

「あしたの朝で、よろしいでしょうか？」

「ああ、いいですよ。何時に来られますか？」

「九時ごろ伺《うかが》います」

久子は、そう言って、電話を切った。

――翌、十二月二十一日。

午前九時ごろ、久子は、夫の西山篤《あつし》に付き添われて署へやってきた。

まず、霊安室へ通した。

佐藤と蟹沢、相馬が立ち合う。

正面に祭壇があった。菊の花が飾られている。線香の煙が細く立ちのぼっていた。

その前に木製の台があって、白木の棺《ひつぎ》が載っている。

蟹沢が、手を合わせてから、棺の蓋《ふた》をずらした。

久子と篤が、歩み寄って、棺の中に目をそそぐ。

顎《あご》の下から足の先まで、白布でおおわれていた。司法解剖を受けて、この署に、もどってきているのである。顔面の暗紫色は薄くなっているし、腫《は》れも、いくらか引いていた。目も閉じられている。額のあたりの薄めの頭髪は、きれいに撫《な》でつけられていた。

「兄です」

久子が、一言告げて、指先で目頭を押える。

「まちがいありませんね？」

と、蟹沢が念を押す。

「はい」

篤が返事をして、手を合わせた。

佐藤と相馬も、合掌《がっしょう》する。

霊安室を出て、二階の小会議室に入る。

佐藤と蟹沢、相馬の三人は、あらためて、この西山夫妻と向かい合った。

久子は、グレーのスーツで、ウエストが、いくらか太めだった。頬《ほお》も、ふっくらとしている。

夫の篤は、細面《ほそおもて》で痩《や》せていた。濃紺のスーツを着ている。

蟹沢が、年齢や職業などを訊《き》く。

久子は三十八歳、篤は四十歳であった。久子は、「パートで働いてます」と言い、篤は、「運送会社の配送課にいます」と告げた。

「結婚なさったのは、いつですか」

蟹沢が、おだやかに質問する。

「もう十年になります」

篤が、こたえた。

「お子さんは？」

「いえ、できなくて……」

久子の物腰は落ちついている。

「久子さんの、ご両親は？」

「父は、わたしが高校のころ、母は、わたしたちが結婚してから間もなく亡くなりました」

「ご病気ですか？」

「ええ。父はガンで、母は心筋梗塞《しんきんこうそく》でした」

「若いころ、お兄さんは、どういう方でしたか？」

蟹沢が、質問をつづける。

「父が亡くなったせいもあって、大学を中退して、いろんなバイトをしてました。母と三人暮らしでしたが、だんだん家に帰って来なくなり、アパートで暮らすようになりました」

「アパートで暮らすようになってからも、バイトをしてたんですか？」

「たまに家に帰ってくると、パリッとしたスーツ姿で、不動産関係の仕事をしている、と言っていました」

「金融業は、いつからですか？」

「不動産関係の仕事は、三、四年だった、とおもいます。それから、サラ金の会社に勤めるようになって、母が亡くなったあと、独立して事務所をかまえました」

「自分で、お金を貯めて、はじめたんですか？」

「さあ、よく知りません」

「最後に、お会いになったのは？」

「もう三年も会っていないんです」

「ふたりきりの兄妹《きょうだい》なのに、どうしてですか？」

「わたしたち、三年前にマンションを買ったんです。そのとき、頭金が足りないので、兄のところへ借りに行きました。すると、年一割五分の利息を取る、と言ったんです。兄妹なんだから、利息を負けてと、たのむと、たとえ兄妹でも、金の貸し借りは、他人とおなじだ。一割五分なら安い、法定利息だ、払えないのなら貸さない、と言いました。それで、喧嘩《けんか》別れみたいになってしまったんです」

「いくら借りるつもりだったんですか？」

おだやかな蟹沢の口調は変わらない。

「二百万円です。年利が一割五分だと、三十万円になります。マンションのローンもあるので、とても払えません」

久子の言葉つきは、はっきりとしている。

「それで、どうしました？」

「会社の共済組合にたのんで借りました」

篤が、代わってこたえた。

「三年ほど前、お兄さんは離婚してますね？」

蟹沢は、篤から久子に目をもどした。

「ええ。わたしたちが、お金を借りに行ったとき、もう離婚していました」

「奥さんだった方、ご存知ですね？」

「ええ。年は、わたしとおなじで、名前は、雅代《まさよ》さんです」

「雅代さんの旧姓は？」

「丸沼《まるぬま》です」

「結婚生活は、何年でしたか？」

「二年くらいでした。結婚式は挙げなかったんです。籍を入れて、ハワイへ新婚旅行に出かけ、帰ってきてから、わたしたちに雅代さんを紹介しました」

「離婚の理由は？」

「わたしには、わかりません」

「丸沼雅代さんは、いま、どこにおられますか？」

「存じません」

久子が、短く言葉を返す。


飛田芳夫の住居は、新宿区大久保二丁目のマンション〈ハイパレス〉である。四〇八号室とわかった。

首吊りを偽装した死体遺棄現場は、国立市泉町緑地である。

殺人現場は、北新宿一丁目〈シャトービル〉二階の〈飛田商会〉と推測されている。

——同、十二月二十一日。

特捜本部の刑事たちは、それぞれ手分けをして、〈ハイパレス〉四〇八号室の家宅捜索と、泉町緑地と〈シャトービル〉の地取り捜査に取りかかった。

蟹沢と相馬は、北中係長から電話を受けて、捜査専用車で新宿柏木署へ走った。

刑事部屋で、北中係長と向かい合う。

「何か手がかりが出たか?」

蟹沢が、気さくに問いかける。

「現場指紋なんだがね。あの社長室から、飛田と田所宏美の指紋のほかに三個の指紋を検出した。机から一個と応接セットのテーブルから二個だ」

と、北中が告げる。

被害者、飛田の指紋も採取しているのである。

「これが、三個のコピーだ」

北中が、そのコピーを差し出す。

「弓状紋が二個と、渦状紋が一個だな」

蟹沢は、そのコピーを手にして、ギョロッと目を落とした。

弓状紋というのは、弓状や波状に盛りあがった隆線でできている指紋で、渦状紋は、渦巻状や環状の指紋のことである。

「その指紋の大きさからみて、男の指紋と推定されている。照会したところ、三個ともに該当する指紋はなかった」

　と、北中が言った。

「前科や逮捕歴がない男ということか」

　と、蟹沢は目をあげて、

「ほかには？」

「これだ」

　北中が、透明の小さなビニール袋二つを差し出す。

　その二つを手にして、蟹沢の目が、またギョロッと光った。

「陰毛だな」

　相馬も乗り出して、目をそそぐ。

　一つには二本、もう一つには三本入っている。

「二本のほうは、長さが約五センチ、見たとおり、黒くて、いくらか太めで、屈曲がある。三本のほうは、長さが約四センチ、細めで、わずかに褐色をおびていて、よくちぢれている」

　と、北中が説明する。

「二本が男で、三本は女だね」

念を押すように、蟹沢が言った。

「そう。二本の血液型はB型で、三本はA型だ」

「飛田はB型で、田所宏美さんはA型だよ。どこから検出したんだ？」

「社長室の黒い革張りのソファーだ」

「うーん。飛田と宏美さんは、ソファーで、やっていたのかね」

と、蟹沢の口から唸《うな》り声がもれる。

「へーえ」

と、相馬も唸った。

「白いシーツなら、当人たちも気づくだろうが、黒革のソファーだからね」

と、北中が言う。

「虎は死して皮を残し、飛田は死して陰毛を残したわけだ」

真顔で、蟹沢が言った。

北中は、苦笑をもらしている。

「ほかに何か物証は？」

蟹沢が、また問いかける。

「六法全書や金融関係などの本はあったが、帳簿類は見当たらなかった。ロッカーには、着替えのジャケットやジャンパー、傘《かさ》や靴、ゴルフ道具などが入っていた」

「ま、指紋とヘソの下の毛だけでも、たすかるがね。……〈シャトービル〉の訊き込みもたのむよ」

「ああ。一課長からも協力するように言われている」

「殺しの現場は、北さんの管内で、うちの管内は死体遺棄の現場だからね」

「うん。ホトケの運送が問題になるね」

「生物《なまもの》でも、クール便には、たのめないだろう」

蟹沢が、そう言って腰をあげる。

「どうも、お邪魔しました」

と、相馬も立った。

この署を出て、ふたたび捜査専用車に乗りこむ。

府中市府中町三丁目へ走った。

〈ビューコーポ〉は、白いモルタルの二階建てのアパートだった。通りに面していて、一階、二階ともに五戸ずつドアが並んでいた。

このアパートの前に車を停める。

一〇三号室は、一階のまん中の部屋であった。郵便受けに〈田所〉と記されている。

蟹沢が、チャイムのボタンを押した。

ドアが細めに開いて、宏美が顔を覗《のぞ》かせる。

「やぁ」

蟹沢が、気さくな声で顔を和《なご》めて、

「邪魔して、いいかな?」

「ええ、どうぞ」

と、宏美が請《しょう》じた。

靴を脱いで上がる。

とっつきの部屋は、六畳間ほどのキッチンだった。窓辺に流しがあった。食器戸棚と冷蔵庫が並んでいる。中ほどにテーブルと椅子《いす》があった。

「どうぞ」

蟹沢と相馬は、椅子にかけた。

宏美も、向かい合ってすわる。

ショートヘアをオールバックふうに無造作に掻《か》きあげていた。額が広く見える。化粧の薄いせいもあって、赤いセーターにブルーのジーパンのラフな格好が、よく似合っている。

「帳簿類が見つからなくてね。金銭貸借どころか、客の名前さえ、わからなくて困っているんだ。だれか客をおぼえていませんか？」

と、蟹沢が口を切る。

「前にも申しあげましたけど、お茶汲《ちゃく》みや電話番で、お客さまが来られたときには、ただ取り次ぐだけでした。お客さまとの会話もなかったので、おぼえていないんです」

と、宏美が困惑げな表情を見せる。

「飛田さんと親しくしていた方は、だれですか？」

「さぁ……」

「友だちは、いたんでしょう？」

「事務所へいらしてた方は、お金の、ご用だったとおもいます」

「せめて住所録でも見つかれば、交友関係が、わかるんですがねぇ」

「手帳に書いていたんだと、おもいます。手帳をひろげて電話をかけているのを見かけてますから」

「手帳を持っていたんですね？」

「はい」

「持ち歩いていたんですか？」

「ええ。ポケットに入れたり、ブリーフケースに入れたりして」

「うーん。手帳もなくなっているのか」

蟹沢は、小さく吐息をもらした。

相馬は、だまって、宏美を見つめている。

「飛田さんとは、プライベートな関係もあったんですね？」

ちょっと間を置いて、蟹沢が訊いた。

「どういうことでしょう？」

宏美が、ますます困惑げな表情になる。

「鑑識の捜索は、髪の毛一本見逃さないんですよ」

「…………」

宏美の口から言葉が出ない。顔に赤みが萌《きざ》した。

「社長室のソファーで愛し合っていたんですね？」

「犯されたんです」

と、宏美が目をふせる。

「いつですか？」

「三ヵ月ほど前です」

「それからも、つづいていたんですね？」

「ええ」

「訊きにくいんだが、正直にね。何度でしたか？」

「おぼえておりません」

「たとえば、週に一度とか？」

「五日に一度くらいでした」

「あなたも、きらいじゃなかったわけですね？」

「ええ、まぁ……」

宏美の言葉が濁る。

「飛田さんのマンションへは？」

「行ってません」

「ホテルは？」

「いえ」

「それじゃ、いつも、あの社長室で？」

「はい」

宏美の顔の赤みが増した。

「あなたは、若くて、きれいだ。彼氏がいるから、用心して、外では会わなかったんですね」

「いいえ。彼はいません」

「信じられませんな。あなたほどの女性に……」

「以前は、いましたけど、いまはいません」

と、宏美の語気が強まる。

「飛田さんは、ホテル代をケチるような人でしたか?」

「金融業でしたから」

「一年ほど前から〈飛田商会〉に、お勤めでしたね」

「はい」

「その前は、どこへ?」

「フリーターで、いろいろしておりました」

宏美は、こたえて、視線を落とした。

「お邪魔しました」

と、蟹沢が腰をあげた。

「どうも」

と、相馬も立つ。

この一〇三号室を出て、車にもどった。

「署へ帰りますか？」

「ああ」

甲州街道へ出て、立川方向に向かう。

「ちょっと引っかかるね」

蟹沢が、むずかしげな顔になる。

「宏美さんのことですか？」

相馬は、行く手に目をそそいでいる。

「飛田は三年前に離婚していて独り者だ。宏美さんも独身で彼氏がいないのなら、何も人目を忍ぶことはない。ラブホテルへ行ってもいいわけだ」

「高利貸しだから、ケチなんですよ。利息で食ってたんですから」

「やっぱり、ウマさんは人がいいね。宏美さんを信じるんだね」

「気の毒だし、かわいそうな気がして……」

「おいおい、惚《ほ》れたんじゃないだろうな」

と、蟹沢が苦笑をうかべる。

この日、午後六時から捜査会議がはじまった。

中藤や三田村、黒田、佐藤や久我らが上席にすわる。第六係の刑事たちも席についた。蟹沢や相馬、鴨田、小松、森らも顔をそろえる。

まず、佐藤が口を切り、飛田の妹、西山久子と夫の篤が、本件の被害者の身元の確認をしたこと、そして、この兄と妹が三年ものあいだ会っていなかった経緯などについて報告した。

「利息制限法によると、元本が百万円以上の場合は、たしかに年一割五分だ。しかし、実の妹から、利息を取ろうとしたとは、やっぱり高利貸しだねぇ」

聞きおわって、中藤が言った。

つぎに、黒田が報告する。

「飛田の住居〈ハイパレス〉四〇八号室の家宅捜索をしました。1DKのマンションです。三年前から居住しております。離婚したのが三年ほど前ですから、離婚後、ここに移り住んだものとおもわれます。金融関係の帳簿類、現金、預金通帳などは発見されておりません。独り者で留守がちなため、大事なものは、事務所の金庫に入れていた、と推測されます。部屋は片付いておりましたが、女気はなく、定型的な男の独身者の住居であります」

「縊死でもないのに定型的か」

独り言のように、鴨田が言った。

「いやいや……」

黒田は、鴨田を見やり、苦笑をもらして、

「典型的な男の独身者の住居であります」

と、言いなおす。

「住所録とかテレホンリストは？」

と、蟹沢が訊いた。

「いや、それも見つかっていない」

黒田は、蟹沢に目を移した。

「泉町緑地の地取り捜査ですが、公園のまわりは道路も新しく、まだまだ造成地が残っており、新興住宅がポツンポツンと建っているだけで、訊き込みに期待はできません」

佐藤が、また発言する。

「〈シャトービル〉の訊き込みをやりましたが、いまのところ、有力な情報を得ておりません」

つづけて、黒田が告げた。

蟹沢は、三個の指紋のコピーと、陰毛の入った小さなビニール袋二つを提示して、北中係長らの現場鑑識の採証や、田所宏美の供述などを、くわしく報告した。

「三ヵ月ほど前から、飛田と宏美さんは肉体関係があり、五日に一度、社長室で情を交わしていたということだね」

と、黒田が、念を押す。

「ま、そういうことです」

蟹沢は、黒田と目を合わせた。

「社長室でばかり、やっていたんだね？」

久我が、めずらしく下世話な言葉で念を押す。

「そうです」

蟹沢が、久我に目を向ける。

「普通なら、たまには、ラブホテルへ行くんじゃないかね。社長室では、ムードが出ないとおもうよ」

　と、佐藤が口を出した。

「男と女なんだから、どこだって、やることは、おなじじゃないですか」

　鴨田も口を出す。

「しかし、社長室でばかりというのは、引っかかるね。宏美さんに男がいる可能性があるんじゃないか」

　中藤が、蟹沢に首をまわした。

「人目を忍ぶには、それなりの理由があるとおもいます。宏美さんの男関係の捜査が必要です」

　打てば、ひびくように、蟹沢が言葉を返す。

「あのう……」

　と、相馬が口を開いた。

「なんだね、ウマくん？」

　中藤が、相馬に目を移す。

　みんなの目も、相馬にあつまる。

　相馬は、佐藤に目をそそいで、

「課長は、江之田さんと赤松さんの首吊りは、本件と関連性がないと言われましたね」

「ああ、言いましたよ」

「江之田さんは、街の金融業者から金を借りていて、きびしい取り立てを受けていたんだそうですね？」

「ああ、そのように聞いている」

佐藤が、こたえる。

「〈江之田工建〉があったのは、西新宿七丁目です。〈飛田商会〉があったのは、北新宿一丁目です。西新宿と北新宿は隣接しております。江之田さんが、飛田から金を借りていたとしても、おかしくありません。その可能性はあるとおもいます。そして、きびしい取り立てを受けていたとしたら、関連性のあることになります」

「うーん」

と、佐藤が唸った。

「しかし、それは、あくまでも、ウマさんの推理であって、状況証拠すらない」

久我が、冷たく決め付ける。

「倒産にまで追い詰められて、江之田さんと赤松さんは、飛田を恨《うら》んでいた。そこで、飛田を絞め殺して、樫《かし》の木に吊るした。そのあと、自分たちも吊り下がった。そういう可能性だってあるとおもいますけど」

　鴨田が、相馬の肩を持つ。

「推理が飛躍しすぎる。捜査会議では通用しない」

　久我は、ぴしゃっと言って、鴨田を睨《にら》んだ。

「課長は、飛田が先に吊り下がっていたように言われましたが、それも断定できない、とおもいます」

　相馬の口調は、いつものように落ちついている。

「死亡推定時刻の順から見ても、飛田が先ということになる」

　と、佐藤が言い返した。

「あとのふたりが同時というのも、どうかとおもいます。気の弱いほうが先に吊り、気の強いほうが、足を引っぱって手伝ってから、あとで吊ったとも考えられます」

　鴨田が、また相馬の味方をする。

「首吊りの足を引っぱるような馬鹿な話は論外だ。口をつつしみなさい」

　久我の表情が、けわしくなった。

「発言は自由だから、積極的に言いなさい、そう言われたのは代理です」

相馬は、表情も、おだやかだった。

久我が、苦虫を百匹ほど噛《か》みつぶしたような顔になる。

「まあまあ……」

と、蟹沢が口を入れた。

「ウマくん。きょうは寝ないで言うね」

中藤が笑いかける。真顔にもどると、

「あらゆる可能性を追及するのが捜査だ。どんなささいなことでも見逃さないように、どんな情報でも聞きもらさないように、細心の注意をはらって捜査をすすめてください」

そう声を大きくした。

2

翌、十二月二十二日は、午後六時から捜査会議がはじまった。

中藤や三田村、黒田らが上席についた。そして、黒田の隣りに、婦警が一人すわったのである。佐藤や久我も上席に、蟹沢や相馬、鴨田、小松、森らも顔を並べた。第六係の刑事たちも、それぞれ席につく。この署の刑事らの視線が、黒田の隣りの婦警にあつまる。

——かわいい顔してるな。本部は、お茶汲みを連れてきたのか。

一目見たとき、相馬は、そうおもった。

こうして、特捜本部が設置されて、捜査が、あわただしくなると、交通課の婦警が、お茶汲みなど接待係に駆り出されることがある。その一人が、伊吹優美《いぶきゆみ》であった。二年ほど前のことである。優美は、北多摩署随一と評判の美人で、相馬は、ひそかに想いを寄せて、彼女の入れてくれる茶を何杯もお代わりし、腹をガボガボにふくらませたものだった。ところが、森刑事は、自分の腹をふくらまさないで、優美の腹をふくらませたのである。そして、彼女と結婚したのだった。森は、相馬より三つ年下だ。相馬とおなじくらい長身だが、細めで、すらっとしている。顔も相馬より短くて、目鼻立ちが、はっきりして端整な容貌《ようぼう》だった。

その森の目も、黒田の隣りの婦警にそそがれている。

——お茶汲みに来て、黒田係長の隣りにすわるわけはない。

相馬は、おもいなおして、そう考えた。

前髪を形よく額に散らして、黒く艶《つや》やかなストレートの髪を肩に垂らしていた。化粧の薄い顔は、ふっくらとしている。愛らしくて、ポチャッとした感じだ。二重まぶたの目が大きかった。鼻の形は整っているが、高くはない。サーモンピンクの紅をさした唇《くちびる》が、くっきりとしている。肩幅のある黒田の隣りにいるせいもあって、小柄に見える。白いシャツにコバルトブルーのスーツが清潔感をただよわせている。

——年は、おれより下か。

相馬は、あこがれのアイドルでも見つめるような眼差《まなざ》しになった。

婦警が、その視線に気づいたか、相馬に目を向ける。目が合った。相馬は、あわてて、小さく頭を下げた。婦警も会釈《えしやく》を返して、にこっと笑いかける。

そのとき、黒田が口を切った。

「きょうになって、被害者、飛田芳夫は、別件で、本部（警視庁）捜査二課の事情聴取を受けていたことが、わかりました。その事件を担当した二課の若杉麗子《わかすぎれいこ》係長を紹介します」

「若杉でございます。よろしく、おねがいします」

隣りの席の若杉麗子係長が、この署の刑事らに和やかな顔を向けて丁寧に頭を下げる。

——ひえーっ！

相馬は、内心唸りながら、もう一度おじぎをした。

——かわいい顔して、捜査二課の係長とは！

本部の係長だから、警部である。蟹沢より一階級上だ。

「へーえ」

鴨田も、小さく声をもらしている。

捜査二課は、所轄署でいうと、知能犯係である。詐欺《さぎ》や横領、汚職、選挙違反、告訴、告発事件、コンピューターシステム利用犯罪、会社や銀行など金融関係犯罪、名誉や信用に関する犯罪などの捜査をおこなっている。

「くわしくは、若杉係長から聞いてください」

と、黒田が言う。

「それでは、飛田芳夫を重要参考人として事情聴取しました事件について説明申しあげます」

麗子は、声音《こわね》も、おだやかだった。言葉をついで、

「昨年の九月に発生した詐欺事件です。東証二部上場の株式会社〈美浜《みはま》建設〉の株券、約九十億円を詐取されたと、社長の美浜徳一《とくいち》、六十七歳が、告訴しました。告訴されたのは、〈蔵吉《くらよし》産業〉の社長、蔵吉大吾《だいご》、六十三歳。わたしが取り調べたところ

は、容疑者でしたが、いまは裁判中で、被告人になっています。この事件は、マスコミが大きく取りあげておりますので、ご存知の方が多いとおもいます。蔵吉は、バブル全盛のころは、地下金脈の大物と言われ、資産数千億円と豪語して、政界のタニマチを自称したことがあります。ところが、バブル崩壊で、土地の値下がりや株式の暴落によって、大打撃を受け、資産も大きく減少し、内情は資金繰りにも困っていたものとおもわれます」

と、解説をはじめた。

相馬は感じ入った顔で、じぃーっと麗子を見つめている。蟹沢や森、鴨田らの目も、麗子にあつまっていた。

麗子が、つづける。

「〈蔵吉産業〉は、貸しビルやゴルフ場の経営などをしておりました。蔵吉は、もう一つ会社のオーナーをしております。片仮名の社名で〈クラヨシ〉。この会社は、金融業と不動産業をしていて、西新宿一丁目の〈クラヨシビル〉が社屋です。〈美浜建設〉も西新宿一丁目の〈美浜ビル〉にあります。いまの美浜社長は二代目のオーナーです。蔵吉とは、バブル以前から付き合いがありました。ふたりとも、海釣りが好きで、クルーザーを所有していて、ともに駿河湾《するがわん》の沼津《ぬまづ》マリンビューの会員でした」

「川釣りは、やらなかったんですか？」

相馬は、おもわず口を入れた。

「マグロを追っていたんだそうです」

麗子が、相馬と目を合わせる。

「へーえ、マグロですか」

相馬は目を大きくした。

「多摩川のフナ釣りとは、ちがうんですよ」

と、鴨田が口を入れる。

久我が、しぶい顔になって、この二人を睨んだ。

「フィッシングやゴルフなどで、美浜さんと蔵吉は親しくしておりました。バブルがはじけて、景気がわるくなり、〈美浜建設〉が資金ショートをきたしたとき、蔵吉は、美浜さんに二十億円貸しております。しかも、蔵吉は、建設族の保守党の代議士や建設官僚を紹介しております。以来、〈美浜建設〉は、官需が多くなって経営が安定しました」

麗子の言葉つきは、はきはきしている。

「こうしたわけで、美浜さんは、蔵吉を、すっかり信用してしまいました。美浜さんは、お子さんがいません。そろそろ社長を隠退して、オーストラリアかニュージーランドあたりで、クルージングをたのしみながら、奥さまとふたりで、のんびりと余生を送る気になり、そのことを蔵吉に話しました。蔵吉は、それはいい、そうしなさいと、すすめました。美浜さんが、自社の持ち株を売って経営権を譲渡したい、どなたか適切な方はいないだろうか、と相談すると、わたしでよかったら、と蔵吉が乗り出したんです。〈美浜建設〉の美浜さんの持ち株は、当時の株価で約九十億円でした。蔵吉が、その株を買い取り、美浜さんは、〈美浜建設〉の経営権を譲渡することに決まりました。合意書を交わしたのが、昨年の九月十八日です。蔵吉の依頼を受けて、名取高史《なとりたかし》弁護士が立ち合っております。この場で、蔵吉は、〈蔵吉産業〉の手形二枚を美浜さんに渡しています。四十億円と五十億円の手形で、期限は六十日と九十日です」

麗子が、ときどき、メモに目を落として、話をすすめる。

「ところが、十月に入ると、〈美浜建設〉の株が証券市場に流出しはじめたのです。ぞくぞく売り注文が出るようになりました。美浜さんは、自社株が売りに出されているのに気づいて、蔵吉に詰問しました。わたしは売っていない、蔵吉は、きっぱりと否定しました。しかし、証券会社五社から売りに出された〈美浜建設〉の株は、総額にして約七十億円で買い取られておりました。九十億円の株が七十億円まで値下がりしたわけですが、〈美浜建設〉乗っ取りの噂《うわさ》が立ち、買い注文もあって、これだけの値下がりで止まったのです。そして、五社を通して売りに出したのが、〈飛田商会〉の飛田芳夫でした」

「ほう……」

久我の口から声がもれる。

「うーん」

と、佐藤が唸った。

麗子に向けられた蟹沢の目が、ギョロッと光る。

「ですが、この時点では、まだ事件になっておりません。十一月になってから、美浜さんは、蔵吉に渡った自分の持ち株が売られたことを確信しました。蔵吉を信用しきっていたので、気づくのが遅れたのです。十一月四日、蔵吉に会って抗議しました。蔵吉は、美浜さんの持ち株が市場で売られたことを認めました。しかし、自分は売っていない、一ヵ月期限の約束で、その約九十億円の株券を貸しただけだ、と弁明しました」

麗子は、またメモに目を落として、

「蔵吉の弁明の内容を申しあげます。……新宿・歌舞伎町《かぶきちょう》二丁目に〈石橋《いしばし》商事〉という不動産会社があります。社長は、石橋鉄雄《てつお》、年齢は蔵吉とおなじです。おなじ年で同業のせいもあって親しくしていたということです。石橋は、ビル一棟を五十億円で売却する契約をし、五億円の手付金を入手したんだそうです。蔵吉は、その五億円の銀行小切手を見せられて、一ヵ月後には、残りの四十五億円が入る、それまでの繋《つな》ぎ資金に四十五億円が必要だ、なんとかならないか、と相談を受けたんだそうです。そこで、一ヵ月期限という約束で、〈美浜建設〉の株券、約九十億円を貸したということです。石橋は、その株券で銀行から金を借りる、と言っていたそうです。そして、その株券の預かり証を書いて、蔵吉に渡しております。日付は、九月二十七日です。蔵吉は、その預かり証を美浜さんに見せております。……ところが、期限の十月二十七日になっても、石橋から何の連絡もないので、〈石橋商事〉を訪ねたということです。すると、石橋は、十月二十四日に退社したきり、失踪《しっそう》していたんだそうです。石橋の自宅は、港区《みなと》西麻布《にしあざぶ》三丁目のマンション〈サンホームズ〉の八〇三号室です。奥さんは、千賀子《ちかこ》さん。ふたり暮らしでした。十月二十六日に、千賀子さんは、麻布《あざぶ》署に家出人捜索願を出しております。いまも、石橋の行方《ゆくえ》はわかりません。石橋を堅い男と信用したのが、まちがいだったと、蔵吉は言っております」

「うーん。石橋鉄雄か。名前からみると、ガチガチの男のようだがね」

と、佐藤が口を入れた。

麗子は、佐藤を見やり、笑みをうかべてから、

「蔵吉は、わたしも被害者だ、と言ったそうです。ですけど、美浜さんにすれば、そうはおもえません。石橋と共謀して株を売り、金に換えてから、石橋を逃がしたのではないか、そう考えたそうです。いずれにしろ、持ち株を渡したのは、経営権の譲渡が目的で、その株の売却は、あきらかに契約違反です。念のために、〈蔵吉産業〉の資産を調べたところ、経営するゴルフ場も貸しビルも、二番抵当、三番抵当に入っていたということです。四十億円と五十億円の手形を落とすのは不可能と見て、美浜さんは、十一月十日に、蔵吉を詐欺で告訴しました。わたしども二課は、蔵吉を詐欺容疑で連行し、勾留《こうりゅう》して取り調べました。しかし、約九十億円の〈美浜建設〉の株は、一ヵ月の期限で石橋に預けた、と供述しただけで、ほかのことは、いっさい供述をしておりません」

「石橋の預かり証は、本物ですか？」

と、蟹沢が質問する。

「はい。石橋本人の筆跡ですし、印鑑も本物です」

麗子が、こたえた。

「美浜さんと蔵吉が、合意書を交わしたとき、弁護士が立ち合っていますね」

と、鴨田が口を出す。

「はい」

麗子は、鴨田に目を移した。

「弁護士に責任は、ないんですか？」

「美浜さんを信用させるために、蔵吉が、名取弁護士に立ち合いをたのんだものと、おもわれます。保証人ではなく、立ち合っただけですから責任はありません」

麗子は、てきぱきと言葉を返して、

「飛田芳夫を重要参考人として事情聴取したのは、十一月十三日でした。約九十億円の〈美浜建設〉の株券の入手先を問いただしたところ、金融ブローカーの横塚英二《よこづかえいじ》、と供述しました。〈飛田商会〉に出入りをしていたブローカーとのことで、その横塚に売却をたのまれ、一度に売りに出すと株価が下がるので、証券会社五社を通して、何度にも分けて売りに出し、株の代金は、そのつど横塚に渡し、手数料の一パーセントも、そのつど、もらった、手数料は総額で約七千万円だった、このように供述したあと、横塚は、杉並《すぎなみ》区内の路上でタクシーに撥《は》ねられて、十日ほど前に、亡くなっていると告げたのです。そこで、杉並署の交通課の協力で調査しました。横塚英二、当時、六十歳は、十一月三日の午後十一時半ごろ、杉並区内の青梅《おうめ》街道で、酔っぱらって、横断歩道でないところを渡ろうとし、タクシーに撥ねられ、頭部を強打、外傷性脳出血で死亡しておりました。そのタクシーの運転手や目撃者の供述、そのときの状況などから見て、交通事故で、事件性は、まったく、ないということです」

「株券を預かった石橋は行方不明で、その株の売却を依頼した横塚は死んでいるんですね？」

相馬は、念を押した。

「はい、そうです」

「しかし、前もって横塚の死亡を知っていて、横塚の名前を出したという可能性もありますね？」

「ええ、あります」

麗子は、相馬と視線を合わせて、

「一介の金融ブローカーが、九十億円もの株券を入手し、その売却を依頼したとは納得いきません。本物の依頼主がいるのではないか、と追及しましたが、飛田は、横塚にたのまれた、と言い張りました」

「石橋と飛田の接点は？」

相馬が、つづけて問う。

「それも何度か問いただしております。飛田は、石橋鉄雄の名前を聞くのは、はじめてだ、知るわけがない、と言いました」

「蔵吉と飛田は、どうですか？」

「おたがいに知らないと供述しましたし、接点も見つかりませんでした。このふたりが知り合いなら、飛田の共犯も考えられますが、接点がないので、事情聴取だけで帰しました」

「しかし、飛田は、〈美浜建設〉株の事件に関与して、その株を売却している。口封じのために殺された可能性は大きいね」

佐藤が、確信ありげに口をはさむ。

「いずれにしろ、蔵吉の詐欺容疑は、あきらかです。〈蔵吉産業〉には、九十億円の資産も資金もありません。それなのに、四十億円と五十億円の手形を振り出しております。不渡りになるのを承知で、約九十億円の株券を入手したのです。最初から、詐取の意思があったことになります。そして、十一月十八日に、六十日期限の四十億円の手形が不渡りとなり、〈蔵吉産業〉は倒産しました」

と、麗子が告げる。つづけて、

「わたしども二課は、蔵吉を詐欺の被疑者として送検しました。地検刑事部は、十一月三十日に蔵吉を起訴しております。公判がはじまったのは、今年の三月十日です。その第一回の公判で、蔵吉は、起訴事実を認めました。四月十九日には、三億円の保釈金を積んで、保釈になりました。起訴事実を認めないことには、保釈にはなりません。保釈がねらいで認めたのです」

「うーん。それにしても、三億円か」

佐藤が、唸り声をもらす。

「蔵吉の住居は、うちの管内です」

と、蟹沢が言った。

「えっ、ほんとかね？」

久我が、蟹沢に首をまわす。

「国立市富士見台三丁目に、蔵吉の豪邸があります」

蟹沢に代わって、麗子がこたえた。

「いまも、そこに、いるんですね？」

と、佐藤が問う。

「はい。在住のはずです。そして、いまも、カタカナの社名の〈クラヨシ〉の社長をしているそうです。第二回の公判は、七月十日で、第三回の公判は、十一月十八日でした。蔵吉は、欠かさず出頭しております。理由なく公判期日に出頭しないと、保釈金は没収されますから」

「三億円は惜しいですよね」

鴨田が口を出す。

「蔵吉が、どんな男か会ってみたいですね」

相馬は、蟹沢に顔を向けた。

「うん」

と、蟹沢が顎《あご》を引く。

「搦手《からめて》から攻める手もあるね」

中藤の視線が、相馬と蟹沢をとらえる。

3

翌、十二月二十三日の午前八時ごろ、蟹沢と相馬は、捜査専用車に乗りこんだ。

署の駐車場を出る。

「若杉麗子係長は、ポチャッとして若く見えるでしょう。てっきり、わたしより年下だとおもいました」

ハンドルを握り、行く手に目をそそぎながら、おもい出したように相馬が言い出した。

「うん。どう見ても、三十四には見えないね。独身だそうだよ。国立大の法学部卒業で、昇任試験を一度も落とさずに警部になったんだね。二課では辣腕《らつわん》と評判だそうだ。頭がよくて、しっかりしているのに、かわいく見えるんだね。ふくよかで、やさしそうな感じもするね。ウマさん好みじゃないか」

蟹沢が、にこっと笑って、助手席から相馬を見やる。

「わたしなんか、落ちるために昇任試験を受けているようなもので、とても太刀打ちできません。高嶺《たかね》の花ですよ」

相馬は、北多摩署の刑事になって五年になるが、その間、巡査部長の昇任試験を二度受けて、二度落ちているのである。だからといって、けっして頭がわるいわけではない。勉強が苦手なだけなのだ。その証拠に、警視庁警察学校を百五十名中、四十八番で卒業している。卒業配置は、南神田《みなみかんだ》署の警邏《けいら》課で、神田駅前の派出所勤務に就いた。この勤務の二年間に、職務質問によって、指名手配中の強盗殺人犯一人を逮捕し、そのほか窃盗犯《せっとうはん》など十五人を逮捕した。その実績を認められて、抜擢《ばってき》され、六ヵ月の刑事講習を受けて刑事になったのだが、いまの日本の警察は、いくら犯人の検挙に功績があっても、たとえ泥棒を百人つかまえようと、それだけでは昇進できないのだ。犯人を追いかけるより、要領よく立ちまわって、法律や法規の勉強をするほうが昇進が早いのである。

しかし、相馬は、昇進など、まるで気にしない質《たち》だし、上司の言うことなども、いっこうに気にしない質で、「ウマさんの耳に念仏」と「ウマさんの馬耳東風」は、よく知られている。

蟹沢にしても、四十七歳で、やっと警部補になり、本部（警視庁）捜査一課から、北多摩署へ昇任配置になったのだった。これまで捜査畑ばかり歩いてきて、本人の言《げん》によると、「馬に食わせるほど警視総監賞をもらった」そうだが、それでも、警部にはなれないのである。それどころか、組織捜査からはずれて、カニの横這《よこば》いをするという評判をとっていた。

相馬にしろ、蟹沢にしろ、一風変わった名物刑事なのである。

「ウマさんは、年中、高い山に登ってるじゃないか」

「ええ。馬鹿と煙は、高いところへ登ると言いますから」

「努力して山頂に立ったら、高嶺の花が摘《つ》めるよ」

「馬鹿でもですか」

甲州街道を新宿方向へ走って、国立市内に入った。矢川《やがわ》駅入口の交差点で左折して、矢川通りをすすみ、南武《なんぶ》線の踏切を渡って、右折する。

富士見台三丁目に入った。

「ここだ」

と、蟹沢が告げる。

徐行運転になった。

左手に緑の濃い生け垣が連なっている。とぎれたところに車三台が入るほどの車庫があった。その先が門になっている。観音開きの扉が閉まっていた。わきのくぐり戸も閉まっている。

この門の前で車を降りた。

門柱に〈蔵吉〉と表札がかかっている。その下にインターホンがあった。

蟹沢が、インターホンのボタンを押す。

「どなたさまですか？」

と、女の声が訊いてくる。

「警視庁北多摩署の蟹沢と申します。蔵吉さんは、ご在宅でしょうか？」

「しばらく、お待ちくださいまし」

二分ほどで、観音開きの門が開いた。

蟹沢が入る。相馬がつづいた。

御影石《みかげいし》の敷石を踏んで、奥へすすむ。

瓦《かわら》屋根に白壁の二階屋であった。銅板葺《ぶ》きの庇《ひさし》が張り出している。孟宗竹《もうそうちく》の植込みと竹編みの塀《へい》のあいだを通って、玄関ポーチに入った。踏み石を渡って、格子戸の前に立つ。

格子戸が開いて、

「どうぞ」

と、女が丁寧《ていねい》に腰を折る。

白髪《しらが》まじりの頭髪を後ろで束ねていた。細面で、鼻すじがとおっている。目尻の皺《しわ》が深かった。小柄で、ほっそりとしている。ベージュのシャツに茶系のカーディガンを重ねていた。おなじ茶系の長いスカートの裾に細い足首を見せている。年は六十半ばくらいか。

「失礼ですが、あなたは？」

と、蟹沢が声をかける。

「塩谷《しおや》勝子《かつこ》と申します。お手伝いをしております」

しっかりとした気性らしく、言葉つきが、はきはきしている。

「お上がりくださいませ」

塩谷勝子が、敷台の上がりかまちに膝をそろえる。

靴を脱いで、スリッパを履《は》いた。

広い廊下が、奥へ通じている。

右手の応接室へ通された。

出窓で、胡蝶蘭《こちようらん》が白い大きな花を咲かせている。

「蔵吉は、ただいま、まいります」

言い置いて、勝子が出ていく。

じきに、蔵吉大吾が姿を見せた。

鬢《びん》のあたりの白い薄めの頭髪をオールバックに撫《な》でつけている。切れ長の細い目をしているが、鼻と口が大きかった。頬の肉付きが、ゆたかで、顔全体が、ふっくらとしている。額をテラテラと光らせて、血色がよかった。中背で、チャコール・グレーのダブルのスーツの腹のあたりが、いくらか、せり出していた。精力的で柔和な感じがする。六十三という年より、三つ四つ若く見える。

蟹沢は、あらためて名乗り、相馬を紹介した。

「どうぞ、おかけください」

蔵吉が、右の手の平を見せて、如才なく請じる。

蟹沢と相馬は、ソファーに腰をおろして、蔵吉と向かい合った。

「どういう、ご用件でしょうか？」

おだやかに訊いてくる。目をそらさないし、物腰も落ちついている。

「飛田芳夫さんを、ご存知ですね？」

蟹沢も、おだやかに問いかける。

「いいえ。存じません。刑事さんや検事さんに何度も訊かれましたが、知らないものは、知らないと申しました」

「若杉麗子を、ご存知ですね？」

「ええ、存じてますとも。二課の刑事さんの中では、いちばん手強《てごわ》かった。一見、かわいいですよね。二十代に見えますしね。訊問《じんもん》の仕方も、やさしいんです。おもわず本音が出そうになって……」

「本音を、お出しにならなかったんですね？」

「いやいや、事実は申しましたよ」

と、蔵吉が苦笑をうかべる。

「飛田さんが殺されたのを、ご存知ですか？」

「ええ。新聞やテレビニュースで知りました」

「美浜さんから、〈美浜建設〉の株を買い取られましたね？」

「ええ」

「いくらでした？」

「九十億円です。〈美浜建設〉の経営権を譲渡していただく約束で、美浜さんの持ち株を買い取りました」

蔵吉の言葉つきに、よどみはない。

「現金ではなく、〈蔵吉産業〉振り出しの手形でしたね？」

と、蟹沢が質問をつづける。

相馬は、だまって、蔵吉を見つめている。

「ええ。四十億と五十億の手形です。この二枚の手形を落とせる自信があったからこそ振り出したわけです。〈美浜建設〉の株券を銀行に預ければ、金は引き出せます。

不足分は、わたしが経営する、もう一つの会社〈クラヨシ〉からまわすつもりでした。ところが、一ヵ月という約束で、その株券を石橋に貸したのが、まちがいでした。証券市場に流出するなんて、おもいもかけぬ事態になってしまいました」

「石橋鉄雄さんから、金融ブローカーの横塚英二さんに渡り、そして、飛田さんが売却したということですか？」

「石橋から先のことは、いっさい存じません。石橋に貸した事実までは認めております」

「横塚さんは交通事故で亡くなり、飛田さんは殺されました。死人に口なしです。石橋さんも、すでに殺されているんじゃありませんか？」

「憶測だけで物は言えません」

蔵吉は、ぜんぜん表情を変えない。言葉をついで、

「これから出社しますので、失礼します」

と、会釈をして腰をあげる。

出社前をねらったのである。

「お忙しいところ、お邪魔しました」

と、蟹沢も腰をあげた。

相馬も立つ。

「それでは、これで」

蔵吉が、もう一度会釈をして背中を見せる。


「どうだったかね。蔵吉に会った手応えは？」

この日の捜査会議の席で、中藤が、蟹沢と相馬に問いかけた。

「出勤前に、いきなり刑事に押しかけられたら、普通なら嫌な顔を見せるものです。ところが、嫌な顔どころか、じつに柔和な感じで、言葉つきも、おだやかだし、物腰も落ちついていました」

蟹沢が、こたえる。

「なかなかの紳士ぶりでした」

相馬が、つづけた。

「人を信頼させるのが、詐欺師の業《わざ》だからね。人当たりはいいだろう」

と、中藤が言う。

「自分の不利になることは、いっさい口にしなかったし、動揺の気配を、みじんも見せませんでした。頭が切れるし、腹も、すわっているんでしょう」

蟹沢は、そう言い、言葉をついで、

「新宿柏木署の北中係長から、目撃者が出たとの報告を受けました。〈飛田商会〉は、北新宿一丁目の〈シャトービル〉の二階にあります。右隣りは新しいマンションで、左隣りは駐車場になっています。その〈シャトービル〉の二階にある経理事務所の経理士、寺島正信《てらしままさのぶ》さん、四十歳が、目撃したということです。十二月十九日の午後九時ごろだそうです」

「飛田の死亡推定日時は、十二月十九日の午後八時前後だったね」

と、佐藤が口を入れる。

「そうです。ふたりの男が、大きく丸めたカーペットを持って、〈飛田商会〉から出てきたのを見たそうです。ふたりとも、カーキ色の作業服に同色のキャップをかぶっていたので、会社がおわってから、カーペットの交換をしているのだろう、そうおもって気に留めなかったので、人相までは見ておりませんが、ひとりは大柄だったそうです。このふたりは、非常口から出て行ったということです。非常口は、外の階段に通じていて、左隣りの駐車場に降りられます。寺島さんは、玄関から出て、駐車場へまわりました。車に乗りこもうとしたとき、ふたりは、丸めたカーペットを白のライトバンに積みこんでいたそうです」

「うーん。飛田のホトケをカーペットでくるんで運び出したのか」

　と、佐藤の口から唸り声がもれる。

「駐車場に管理人はいないのかね？」

　久我が訊いた。

「月極《つきぎ》めの駐車場で管理人はいません。都心だから、昼間は満車でも夜は空《す》くそうです。通勤に車を使う人が借りているんですね」

「しかし、おなじ二階の事務所なのに、いまになって、目撃者が出たというのは、どういうことだね？」

　と、中藤が問いかける。

「寺島さんは、風邪《かぜ》で二十日から休んでいて、きょう出勤したんだそうです」

　蟹沢は、中藤に顔を向けた。

「あらかじめ、死体をくるむためにカーペットを用意してきたんだね」

「そういうことです」

「カーキ色の作業服に同色のキャップも用意してきたんだな」

「そうだとおもいます」

「犯行は計画的だ」

と、中藤の口ぶりが断定的になる。

「カーペットの色は？」

佐藤が、口をはさんだ。

「気に留めなかったので、おぼえていないそうです」

「犯人は、ふたり。ひとりは大柄。死体運搬に白のライトバンを使用したことが判明したわけだ。ま、一歩前進だね」

中藤の語気が強まる。

——あくる十二月二十四日。

クリスマス・イブも、午後六時から、捜査会議がおこなわれた。

しかし、だれも有力な情報を得ていなかった。

「特捜本部に、サンタクロースは来ないか」

と、佐藤が嘆いた。

「サンザンクロースですね」

久我が、駄ジャレを言った。

だが、だれも笑わなかった。

「犯人《ホシ》を挙げないことには、正月も、めでたくないね」

と、黒田が言う。
そして、捜査が進展しないまま年を越し、めでたくもない新春を迎えた。

殺意

1

八島大二郎《やしまだいじろう》は泥棒である。しかし、万引やアキ巣など、コソコソした盗みをするようなコソ泥ではない。

釣りは「フナにはじまって、フナにおわる」と言われているが、泥棒の真髄は、「ノビにはじまって、ノビにおわる」と言われている。大二郎は、このノビであった。忍びこみである。じっくりとねらいをつけて、入念に下見をし、ひそかに忍びこんで仕事をする。しかも、盗《と》られて暮らしに困るような家からは、ぜったいに盗まない。ちかごろは、被害届の出せない金ばかりねらっているのである。

一年あまり前、大二郎は、北多摩署管内の宝石店に忍びこんで、金庫を破った。ところが、開けたとたんに、その金庫から男の死体が転がり出たのだ。さすがの大二郎も、おどろきのあまり、懐中電灯を落としてしまった。そして気づかれ、二人のガードマンに取り押えられたのだった。抵抗したら居直り強盗になり、ノビの沽券《こけん》にかかわるから、おとなしく捕まったのである。

この事件で、大二郎を署に連行し、留置して、取調べに当たったのが、蟹沢と相馬であった。

ところが、大二郎は、相馬が宿直の晩に仮病を使い、近くの病院に運ばれると、相馬のスキを見て、トイレの窓から逃走したのだった。

大二郎にしてみれば、殺人の容疑をかけられたから、ノビのメンツもあって逃走したのだが、当然、相馬の責任問題になった。部下のエラーは上司の責任でもある。

久我は、相馬を叱責して、

「殺人の容疑者に逃げられるとは、最悪だ。アア、惨《サン》タルチアア、なんたることだ。神も仏もないものか。天は、われを見捨てしか」

この期《ご》になっても、駄ジャレをまじえて、天をあおぎ、いや、刑事部屋の天井をあおいで大いに嘆いたのだった。

いっぽう大二郎も、相馬の人柄を知っていたから責任を感じていた。――わるいな、ごめんよ、そうおもったからこそ、逃走後、相馬にだけ連絡をとった。連絡を受けた相馬は、ひそかに協力し合って、ついに真犯人を挙げたのだった。この事件で、大二郎は、犯人検挙に協力したことになり、家宅侵入罪だけで送検され、起訴猶予《ゆうよ》になって釈放された。

こうしたわけで、刑事と泥棒は、その事件を機会に友情の絆《きずな》で堅く結ばれ、その後も、相馬は、大二郎の協力を得て、張り込みをつづけたり、情報の交換などをしたりして、三件の殺人事件を見事に解決しているのである。

「おまえは、ノビだ。ねらいは的確だし、下見に念を入れて、忍びこみのルートや、逃走ルートなどを研究している。けっして頭はわるくない。手先は器用だし、足も速い。もうこのへんで、ようく考えて、手も足も洗い、堅気《かたぎ》になって、どこかへ就職したら、どうだ?」

相馬は、そう言って、諭《さと》したことがある。

すると、大二郎は、錠前屋に就職した。半年ほどは、まじめに勤めたが、どんな金庫でも開けられるようになると、その錠前屋を辞めて、相馬を、あきれさせたのだった。

蟹沢と大二郎のかかわりは、もっと因縁《いんねん》めいている。

大二郎の父親、八島太一《たいち》は、「昭和の怪盗」とか、「日本のルパン」と呼ばれるほどの、ノビの名手だった。この太一を窃盗《せっとう》の現行犯で逮捕したのが、蟹沢である。

もう二十年あまりも前のことだ。当時、蟹沢は、荻窪《おぎくぼ》署の刑事課にいて、平刑事だった。そのころから、ねばり強い捜査には定評があり、何十日も張り込みをつづけて、ついに太一を逮捕したのだった。ところが、太一は、現行犯の一件を供述しただけで、いっさい口を割らなかった。

蟹沢は、連日、女房に弁当を作らせて、太一に差し入れた。ちょうど年末から正月のころだったから、刑事部屋のストーブで餅を焼いて食わせたり、規則違反を承知で、ヤカンで酒の燗《かん》をして、ひそかに飲ませたりもした。それでも、太一は口を割らなかった。

二人きりで向かい合い、ストーブの上にヤカンを載せて、湯を沸かしていたときのことだ。

「この煮え湯を、おれに、ぶっかけたら、おまえは逃げられる。やるなら、やってみろ、おれは責任をとって刑事を辞める。どうだ、やるか？」

蟹沢は、そう言って迫ったのである。

「おれの負けだ。負けたよ」

そのとき、太一は、はじめて胸を開いた。八百件にもおよぶ窃盗を、蟹沢に自供したのだった。

太一は、四年六ヵ月の懲役刑を受けて、府中刑務所に服役した。それから三年目に仮出獄したおりには、蟹沢を訪ねている。そのとき、二人は、出所祝いで一杯やったものだった。

ところが、それから二年後に、ふたたび大阪で窃盗をやって逮捕され、こんどは懲役八年の刑を受けて、千葉刑務所に収監され、その服役中に病死したのである。

大二郎は、二代目の泥棒だ。政治家や俳優の二世は、やたら多いが、泥棒の二世は、めったにいない。極めて稀《まれ》な存在なのだ。蟹沢に言わせると、「親の代からの血統書付きの由緒正しき泥棒」ということになる。

――「住居や服装は目立ってはならない。下見には念を入れろ。いかなることがあっても、人を殺傷してはならない。犯跡を残すな。盗みに大欲をかいてはならない。盗んだ金を派手に使うな。強盗《タタキ》や強姦《ツッコミ》は馬鹿がする」

大二郎は、父親の口から、こう聞かされている。だから、いまでも、この教訓を忠実に守り、父親が亡くなったあとも、親孝行をしているのである。

大二郎は二十八歳だ。濃い眉《まゆ》と一重まぶたの切れ長の目が、きりっとしている。体つきも締まっていて、いかにも精悍《せいかん》そうだ。今夜は、茶革のジャンパーにブルージーンズだった。ゆるやかにウエーブのかかった髪が、革ジャンの肩にとどきそうだ。ブルーのスニーカーの足どりは軽く、音を立てない。

夜は、茶より黒の革ジャンのほうが、かえって目立つことを、この男は知っている。

生け垣にそって、足をすすめる。

蔵吉の邸宅の生け垣である。

一月七日であった。午前一時をまわっている。

さっきから、先を行く男に気づいていた。その男は、振りむく気配も見せずに足を運んでいる。

生け垣が、とぎれたところに車庫があった。その先が門になっている。

門灯の明かりで、男の後ろ姿が照らし出された。黒いキャップに黒いジャンパーで、黒っぽいズボンを穿《は》いている。いくらか猫背で腰が細かった。

男が、門の前を足早に通り抜ける。生け垣にそって左へまがった。

大二郎の視界から、男の後ろ姿が消える。後を追って、生け垣ぞいに左折すると、ふたたび男が見えた。裏木戸の扉越しに手を伸ばしている。留め金をはずしたらしく、扉を開けて入っていく。

大二郎は、その木戸のわきで足を止めた。扉は半開きになっている。そこから入った。裏庭だった。植込みのあいだに敷石が延びている。その先に勝手口があった。ガラス戸と格子窓から、ほのかに明かりがもれている。

男は、ガラス戸の前にいた。背中を見せて、小腰をかがめている。

大二郎は、植込みの陰に隠れて、その男に目をそそいだ。

男の手元は見えないが、ガラス戸に細工をしているらしい。ガラス戸を叩く音が聞こえてきた。

——コソ泥だな。おれなら、あのガラス戸を開けるのに二分とかからない。

そうおもいながら、あたりにも目をくばる。

大きな二階屋の壁が、ほの白く浮かびあがっている。黒い瓦《かわら》屋根の上に、三つ四つ星がまたたいていた。視覚と聴覚が研ぎすまされている。ビシッ、ビシッ、ビシッと音がした。ガラスの落ちる音もする。

男が、ガラス戸を開けて、勝手口に入った。

大二郎は、植込みから出た。敷石を踏んで、勝手口へすすむ。ガラス戸も半開きのままであった。サッシ枠の角のガラスが割れて、足元のコンクリートの上に破片が散らばっている。そっと踏みこむ。

勝手口は、普通の家の玄関ほどの広さがあった。上がりかまちから奥は見えない。スリガラスの間仕切りが張り出していた。スニーカーのまま上がって、間仕切りの端から覗《のぞ》く。

天井から淡い明かりが射していた。十畳間ほどの広さで、システム・キッチンは、きちんと片付いている。椅子《いす》やテーブルがあった。

男は、クリーム色の大きな冷蔵庫の前にいた。白い手袋をはめている。腰をかがめると、扉を開けて、ビールを取り出した。大瓶《おおびん》だった。冷蔵庫の側面に下がっていた栓抜きで蓋《ふた》を開けた。椅子に腰をおろす。右手でビール瓶を持つと、ラッパ飲みで飲みはじめた。

大二郎は、間仕切りを挟んで、男のななめ後ろにいた。

男は、ビール瓶から口を離した。それをテーブルに置いたかとおもうと、

「ううーっ、ううーっ」

いきなり、唸《うな》り声をあげた。手袋の両手で喉《のど》を掻《か》きむしる。横ざまに椅子から落ちた。あおむけになって、両手を左右に投げ出す。唸り声が、しだいに小さくなる。全身を痙攣《けいれん》させた。黒いキャップが脱げている。ゴマ塩頭だった。

大二郎は、間仕切りの陰から出た。歩み寄って、

「おい、どうした？　おい……」

と、声をひそめる。

男は目を剝《む》いていた。口を薄く開けている。その口の前に手をかざした。呼吸の止まっているのが、わかる。それでも、まだ全身を小さく痙攣させていた。

家の中は、ひっそりとしている。物音は聞こえない。

大二郎は、勝手口から出た。引き返して、木戸を出る。生け垣の前で足を止めると、革ジャンのポケットから、携帯電話を取り出した。相馬のマンションへ、ボタンを押す。

相馬の住居は、北多摩署から歩いて二十分ほどの距離にある、三階建てのワンルーム・マンションの三〇二号室である。

「ああ、もしもし……」

眠そうな声で、相馬が出た。

「ウマさん、おれ」

と、声をおさえて告げる。

「なんだ、大二郎か」

「なんだは、ないだろ」

「何時だとおもってるんだ。午前一時半だよ」

そうは言うものの、眠気が覚めたらしく、

「いま、どこだ？」

と、訊《き》いてくる。

「国立市富士見台の蔵吉という家の前」

「なにっ、蔵吉？」

「そう」

「なにしてるんだ？」

「下見してたら、先客が入ったんだ。コソ泥でね。そいつが、キッチンで冷蔵庫のビールを飲んだとたんに、唸って、ひっくりかえり、痙攣したきり動かなくなってしまったんだ。息が止まってるよ。だれも起きてこないし、おれが一一〇番するわけにはいかないし……」

「蔵吉邸のキッチンだな？」

相馬が、念を押す。

「うん、そう」

「よし、わかった。うまい具合に、カニさんが宿直だ」

「カニさんなら、うまくやってくれるね」

「ああ、大丈夫。おまえのことは伏せるよ」

「じゃ、たのむね」

大二郎は、電話を切った。

2

相馬は、蟹沢に電話をかけて、大二郎の電話の内容を告げた。

「うん、わかった。蔵吉邸には、おれが電話をする」

と、蟹沢の声が返ってくる。

「これから署へ走ります」

相馬は、そう言って、受話器を置いた。

着替えて、出る。階段を一階に降りた。

マンションの前は、駐車場になっている。

ここに、マイカーを停めていた。森から、タイヤだけの値段で譲り受けたブルーのカローラである。

乗りこむ。エンジンをかけて、ヘッドライトを点《つ》けた。

ダッシュボードの時計は、午前一時四十分を示している。

駐車場を出て、走り出す。

いっぽう蟹沢は、蔵吉邸へ電話をかけた。

「もしもし、蔵吉でございます」

と、女が出た。

お手伝いの塩谷勝子、とわかる。

「塩谷さんですね？」

と、念のために訊く。

「はい」

「北多摩署の蟹沢と申します」

「去年の暮れにいらした刑事さんですね」

勝子も、おぼえていた。

「そうです。じつは、お宅の裏木戸から男が侵入したという通報がありましてね」

「まあ」

と、勝子が息を呑《の》む。

「お勝手口とキッチンを見てください。何か異状がありましたら、すぐに一一〇番してください。手を触れず、そのままにして、一一〇番をね」

「は、はい」

「気をつけてね。たのみましたよ」

「はい、承知しました」

勝子が、電話を切る。

このとき、刑事部屋にいたのは、鴨田と盗犯係の川口刑事だった。

「蔵吉邸に、男が侵入したなんて、どういうことですか？」

と、鴨田が訊いた。

「ウマさんの友だちが、たまたま通りかかって見かけたんだそうだ。あやしいとおもって、ウマさんに電話をしたんだろう」

真顔で、蟹沢が言う。

それから、三、四分経ったころ、蟹沢の机の電話が鳴った。

受話器を取る。

「一一〇番で通報がありました。勝手口のガラス戸が割られていて、キッチンで見知らぬ男が倒れているということです」

と、通信指令室の係官が告げる。つづけて、

「現場は、国立市富士見台三丁目の蔵吉大吾宅。通報者は、塩谷勝子、六十五歳です」

「よし、わかった。現場に急行する」

蟹沢は、受話器を置いて、

「蔵吉邸のキッチンで、男が倒れているそうだ」

「わたしも行きます」

と、鴨田が腰をあげる。

そのとき、相馬が入ってきた。

「お手伝いの勝子さんから、一一〇番通報があったところだ」

蟹沢が、机の引出しから白い手袋を取り出しながら、相馬に告げる。

「じゃ、出ますか」

相馬も、手袋を持つ。

「あとを、たのむ」

蟹沢が、川口に声をかけた。

「はい」

川口が、返事をする。

蟹沢と相馬、鴨田の三人は、刑事部屋を出た。駐車場へ走って、捜査専用車に乗りこむ。

相馬の運転で走り出した。

赤色灯を光らせ、サイレンを鳴らして、甲州街道へ出ると、新宿方向に向かった。国立市内に入って、矢川駅入口の交差点で左折する。

南武線の踏切を渡って、右折すると、富士見台三丁目に入った。

蔵吉邸の生け垣ぞいにすすんで、門の前で車を停める。

蟹沢が、インターホンのボタンを押した。

「刑事さんですか？」

勝子の声が訊いてくる。

「そうです。蟹沢です」

「裏へ、おまわりください」

「わかりました」

車にもどる。ふたたび生け垣ぞいにすすんで、左へまがった。裏木戸に寄せて、車を停める。三人は、車を出た。
　木戸の扉は開いたままになっている。
　蟹沢が入った。相馬と鴨田がつづいて、植込みのあいだの敷石を踏む。
　行く手の勝手口と格子窓から明かりが射している。
　勝手口のガラス戸も開いたままであった。
「足元に気をつけろ」
　ガラスの破片を踏まないようにして、蟹沢が入った。
　相馬と鴨田が、つづく。
「お邪魔しますよ」
　と、蟹沢が声をかけながら、靴を脱いだ。
　相馬と鴨田も、上がる。
　天井に明かりが点《つ》いている。
　廊下に面したドアが開いていて、そこへ勝子が姿を見せた。表情をこわばらせて、
「びっくりしました。もうこわくて。……何も触れてません」
　と、告げる。
　蟹沢は、勝子に向かって、小さく首を縦に振ってから、倒れている男に目をそそい

だ。

冷蔵庫とテーブルのあいだで、あおむけになっている。目を開けていた。口も薄く開けている。頰《ほお》の肉が薄くて、首が細い。黒いジャンパーに濃紺のズボンだった。黒いソックスの足首も細かった。ブルーのスニーカーを履いている。

蟹沢は、しゃがみこむと、首の側面に手の指を当てた。脈拍が停止しているのが、わかる。顔を寄せて、口臭を嗅《か》ぐと、

「アーモンドのような臭《にお》いがする。青酸中毒だな」

そう言って、腰を伸ばした。テーブルの上に目をそそぐ。

ビールの大瓶が立っていた。栓抜きと、瓶の蓋も載っている。

「ビールに青酸が入っていたんだ」

蟹沢が、めずらしく断定的な言葉を吐く。

「鑑識も呼びますか?」

相馬の小声も、めずらしい。

「ああ」

蟹沢が顎《あご》を引いた。

相馬が、勝手口から出ていく。

「カモさんは、ここにいて、現場保存だ」

「はい」

鴨田も、小さく返事をする。

蟹沢は、廊下へ出た。勝子と向かい合う。

勝子は、化粧っ気のないせいか、血の気が薄く見えた。茶系のセーターにカーキ色のカーディガンを重ねている。

「死んでるんですね？」

おずおずと訊いてくる。

「ええ。ここでは話がしにくいのですが……」

「どうぞ、こちらへ」

と、勝子が先に立つ。

広い廊下を玄関のほうへ歩いて、応接室に入った。

テーブルをはさんで、あらためて勝子と向かい合う。

「いま、この家におられるのは？」

蟹沢が、いつもの調子で、おだやかに問いかける。

「奥さまと、お嬢さま、宮下《みやした》さんです」

勝子が、こたえた。

「ご主人の蔵吉さんは？」

「伊豆《いず》へ、ゴルフにお出かけになりました」

「宮下さんは、どういう方ですか？」

「運転手さんです。運転しないときには、庭の手入れなどをしております」

「蔵吉さんの運転手なんでしょう？」

「ええ。でも、旦那さまは、お仕事以外のときは、自分で運転なさいます」

「宮下さんの、お名前は？」

「日出夫《ひでお》さんです」

「お年は？」

「五十と聞いております」

「いま、どこに？」

「廊下の奥の突き当たりが、宮下さんの部屋です。そこにおります」

「キッチンには来てないんですか？」

「わたしが起こすと、すぐに来ました。びっくりして、しばらく、ダイニングにすわりこんでおりましたが、着替えてくると言って、部屋へもどりました」

「奥さんと、お嬢さんは？」

「二階におられます。寝室と、お嬢さんのお部屋は二階にございます。わたしが知らせると、すぐに降りてこられましたが、キッチンの様子をごらんになると、おふたりとも二階へもどられました」

「おふたりの、お名前とお年は？」

「奥さまは、佐美子《さみこ》さん、お年は四十二です。お嬢さまは、里奈《りな》さん、二十八です」

「奥さんは、お若いですね」

「旦那さまは、前の奥さまと離縁なすって、いまの奥さまと再婚なさったんだそうです」

「お嬢さんは、前の奥さんの、お子さんですね？」

「ええ」

「あなたは、いつから、こちらに？」

「二年になります」

「どなたかの紹介で？」

「いいえ。新聞の求人広告を見てまいりました」

「あなたの部屋は？」

「キッチンの近くです。廊下と納戸《なんど》をへだてておりますが……」

「物音を聞かなかったですか?」

「聞いておりません。刑事さんの電話で目が覚めました」

「電話は、どこに?」

「リビングにございます。わたしの部屋と親子電話になっております」

「ビールを飲むのは、どなたと、どなたですか?」

「旦那さまだけです。晩酌は、ビール一本と決めておられます」

「ほかの方は、飲まないんですか?」

「ええ。奥さまとお嬢さまは、たまに、ワインを、お飲みになります。宮下さんは、お酒を受けつけない体質だそうで、一滴も飲みません」

「ビールは、蔵吉さんの晩酌用ですね?」

と、蟹沢が念を押す。

「はい」

「冷蔵庫にビールを入れるのは、どなたですか?」

「わたしです」

「いつ入れました?」

「きのうです」

「もう午前二時半をまわっているから、きょうは一月七日です。きのうというと、六日ですね？」

　蟹沢が、たしかめる。

「ええ、そうです。お昼に冷蔵庫を開けると、一本しか入っていなくて、予備のビールがなかったので、電話で酒屋さんに注文しました。いつも、一ダースずつ持ってきてもらっています」

「酒屋は、どこですか？」

「この近くの〈久保《くぼ》商店〉です。わたしは、午後二時ごろ、買い物に出かけました。四時前に帰ってくると、お勝手の戸の前に、ビールが置いてありました。いつものように、段ボール箱に一ダース入っていました。キッチンに、だれもいないときには、戸の前に置いていきます」

「だれもいないと、どうしてわかるんですか？」

「お勝手口に、チャイムがございます。鳴らしても、だれも出ないときには、戸の外に置いていきます」

「あなたが帰るまで、一ダースのビールは、戸の外に置いてあったんですね？」

「ええ、そうです」

「そのビール、どうしました？」

「キッチンの床下に収納庫がございます。お漬け物や、お野菜、ビールなどを入れておきます。二本だけ冷蔵庫に入れて、あとは収納庫にしまいました」

「冷蔵庫には、一本入っていたんでしたね？」

「はい」

「そこへ、二本入れると、三本入っていたことになりますね？」

「ええ」

「床下の収納庫には、まだ十本あるんですね？」

「ええ、ございます」

「蔵吉さんが、ゴルフに、お出かけになったのは、いつですか？」

「きのうの朝早くです」

「おとといは、ビールの晩酌をなさいましたか？」

「ええ。いつもどおり、お飲みになりました」

勝子は、そうこたえて、不安げに、

「ビールに毒か何か入っていたんでしょうか？」

「これから調べます」

蟹沢が、そう言葉を返したとき、相馬が入ってきた。勝子に会釈をして、蟹沢の隣りにすわる。

勝子も、相馬に目を移して、おじぎをした。

「宮下さんを呼んできてください」

蟹沢が、たのむ。

「はい」

勝子が、立って出ていく。

じきに、宮下日出夫が姿を見せた。

痩《や》せて見えるが、骨太らしく肩幅があった。日焼けしていて、細面で鼻が高い。白いワイシャツに紺色のベストを重ねていた。五十という年相応に見える。

丁寧《ていねい》に頭を下げる。

「ま、かけてください」

と、蟹沢が声をかけた。

宮下は、紺色のズボンの膝《ひざ》をそろえて、ソファーにすわった。

「おどろかれたでしょう」

「はぁ」

短く声を返す。

「蔵吉さんの運転手をしておられるそうですね」

「はい」

「いつから？」

「もう七年になります」

「長いんですね。ずうーっと住み込みで？」

「二年ほど前に家内を亡くしまして、それ以後、住まわせてもらっております」

宮下の言葉つきは、しっかりしている。

「庭の手入れも、おやりになるそうですね」

「植木の剪定《せんてい》まではできませんが、草取りや芝刈りなどをしております」

「広い屋敷ですね」

「三百五十坪あります」

「ほう、広いんですね。草取りだけでも、たいへんじゃありませんか」

「いえ、そんな……」

「お酒は、どうですか？」

蟹沢が、質問をつづける。

相馬は、だまって、宮下を見つめている。

「飲めません。動悸《どうき》がして、蕁麻疹《じんましん》が出るんです」

「蔵吉さんは、いつもビールですか？」

「家では、ビールですが、お付き合いの席では、ウイスキーも日本酒も召しあがります」

「あなたが、運転なさる車は？」

「キャデラックです」

「蔵吉さんの社用車ですね？」

「ええ、そうです」

「蔵吉さんは、自分でも運転なさるんだそうですね？」

「ええ」

「どんな車ですか？」

「ポルシェです」

「きのうの朝も、ポルシェで出かけられたんですか？」

「そうです」

「色とナンバーは？」

「シルバーで、練馬《ねりま》ナンバーです」

「その二台のほかには？」

「赤いＢＭＷがあります。奥さまと、お嬢さまが乗っておられます」

「キッチンで倒れている男を見ましたね？」

「はい」

「見たことがある男ですか？」

「いいえ」

「何か物音を聞きましたか？」

「いいえ。勝子さんに起こされて目が覚めました」

「キッチンに自由に出入りできるのは、ご家族と、あなた、勝子さんですね？」

「ええ」

「ほかには？」

「さぁ……」

宮下が、言葉をとぎらせる。

「奥さんと、お嬢さんを、お呼びねがえませんか？」

「はい」

宮下が腰をあげ、また頭を下げて出ていく。

二分ほど経ったころ、娘の里奈が姿を見せた。

顔の輪郭も体つきも、父親に似て、ふっくらとしている。目は父親とちがって大きかった。化粧をしていないが、若さのせいか、艶やかな肌をしている。レンガ色のハイネックのセーターに、白のパンツだった。

二人に会釈をして、ソファーに腰をおろした。

「お嬢さんの里奈さんですね？」

蟹沢が、やさしく、たしかめる。

相馬は、まぶしそうに里奈を見た。

「はい」

里奈が、返事をする。

「びっくり、なさったでしょう」

「ええ。あの人、死んでるんですね？」

物怖《ものお》じしない感じで訊いてくる。

「ええ、死んでおります」

「夜中に忍び込むなんて、泥棒ですよね？」

「おそらく、そうでしょう。調べますがね」

「テーブルにビールが出てましたね？」

「ビール瓶が、テーブルに載っていたのは、たしかです」

「ビールを飲んで死んだのですか？」

里奈のほうから訊いてくる。

「それも、これから調べます」

蟹沢は、そうこたえて、

「何か物音を聞きましたか？」

「いいえ。二階にいると、一階の音は、ほとんど聞こえません」

「お嬢さんは、どこかへ、お勤めですか？」

「ファッション関係のデザイナーをしております。六本木《ろっぽんぎ》で、ブティックの経営もしています」

「ほう。デザイナーで実業家ですか」

蟹沢が、感じ入った声を出す。

そのとき、妻の佐美子が入ってきた。

中背の里奈より背が高かった。背すじが、しゃんと伸びて、すらっとしている。ダークグリーンのロング丈のワンピースだった。胸のふくらみや腰の張りの、形のいい曲線をあらわしている。セミロングの髪を額の中ほどで左右に分けていた。額が広くて、目鼻立ちが整っている。理知的で品があった。それでいて、ワインレッドの紅をさした唇が艶めいて見える。

「蔵吉の家内でございます」

そう挨拶《あいさつ》して、丁寧に頭を下げると、里奈と並んで腰をおろした。物腰は落ちついているが、里奈と姉妹ほどに若く見える。

蟹沢は名乗り、相馬を紹介して、

「佐美子さんですね？」

と、たしかめる。

「はい」

蟹沢と視線を合わせて、返事をする。

「ご主人は、伊豆へ、ゴルフにお出かけだそうですね？」

「はい。きのうの朝早く出かけました」

「伊豆の、どこですか？」

「熱川《あたがわ》温泉に泊まって、東伊豆のカントリークラブでプレーすると申しておりました」

「お帰りは？」

「あすの予定です」

佐美子の言葉つきは、はきはきしている。

「ご主人の晩酌は、いつもビール一本だそうですね？」

「はい。晩酌は一本ですが、お風呂上がりに飲むこともございます」

「おうちでは、ビールだけですか？」

「もともと、お酒が好きですし、外で飲む機会が多いので、飲みすぎを用心して、家では、ビールにしております」

「ほかに、ビールを飲む方は？」

「主人だけです」

佐美子は、きっぱりと言って、

「キッチンで死んでいる人は、お勝手口のガラスを割って入ったのですね？」

「そうです」

「泥棒ですね？」

「さっきも、お嬢さんに申しあげましたが、おそらく、そうでしょう。くわしくは、これから調べます」

「ビール持参で侵入する泥棒なんて、いるわけございません」

佐美子は、言葉つきも落ちついている。

「おっしゃるとおりです」

「冷蔵庫のビールを飲んだにちがいございません。主人が飲んだ場合を考えますと、おそろしくなります」

「冷蔵庫のビールも、床下の収納庫のビールも押収して調べます。よろしいでしょうか？」

「どうぞ、お持ちください」

佐美子が、そう言ったとき、鴨田が姿を見せて、

「全員、そろいました」

と、告げた。

「それでは、これから捜査にかかりますので」

と、蟹沢が腰をあげる。

相馬も立つ。

3

蟹沢と相馬が、キッチンへもどると、佐藤や久我、小松、森、土屋、中丸刑事らが顔をそろえていた。

鑑識係員らも駆けつけてきている。

「どう見るかね？」

顔を合わせるなり、佐藤が訊いた。

「このホトケは泥棒です。ビールを飲んで死亡したものとおもわれます。死因は青酸中毒です」

蟹沢は、てきぱきと声を返した。

「ビールに青酸が入っていたのかね？」

「そう見てます」

「それじゃ、殺人《コロシ》だな」

と、佐藤の声が大きくなって、

「一課に連絡を」

「はい」

森が、勝手口から出ていく。

「まず、写真撮影だ。それから、ビールを押収する。テーブルの上のビールは、とくに慎重にたのむ。あとは、冷蔵庫と床下の収納庫の中だ」

と、蟹沢が指示を出す。

鑑識係員が、カメラをかまえて、何度も、フラッシュの閃光《せんこう》をはしらせる。

クリーム色の大型の冷蔵庫を開けた。扉のボトルポケットに、ジュースやウーロン茶などのボトルと並んで、ビールの大瓶二本が入っていた。白い手袋の手が、その二本を取り出す。

床下の収納庫にかかった。シンクの近くの床板に、引き起こしの取っ手が二つ付いていて、蓋も二枚になっている。その二枚を開けて、大きさや深さを計った。縦一二〇センチ、横九〇センチ、深さ六〇センチであった。ミネラル・ウォーターや醬油《しょうゆ》、サラダ油などのボトル、味噌《みそ》や糠《ぬか》味噌、梅干しなどの甕《かめ》、ジャガイモやタマネギなど、そして、ビールの大瓶十本が入っていた。その十本を押収する。

テーブルの上のビールは、一滴も、こぼさず、蓋まで押収した。

「さあ、見分にかかってくれ。異常があるか、どうか、外回りもたのむ」

蟹沢の指示で、現場の見分がはじまる。

黒田ら第六係の刑事も駆けつけてきた。

中藤も、臨場する。

佐美子と里奈、勝子、宮下の指紋を採取した。

「ご主人の、熱川温泉の宿泊先、わかりますか？」

蟹沢は、佐美子に訊いた。

「熱川温泉に泊まって、東伊豆のカントリークラブでプレーする、と聞いているだけです」

「携帯電話を持っておられますか？」

「いいえ。持っておりません」

と、佐美子が言う。

こうして現場の見分が終わると、男の死体は北多摩署へ運ばれた。

窃盗犯と見て、指紋を照会する。

その結果、窃盗の前科六犯、真坂善次《まさかぜんじ》、六十二歳、と判明した。

午前八時三十分から、真坂の死体の検視がおこなわれた。

この検視のあと、

「大二郎に会います」

相馬は、小声で告げた。

「うん」

蟹沢が顎を引いて、合点した顔になる。

相馬は、マイカーで、自宅のワンルーム・マンションへもどった。

グゥーッ、グググゥーッ、グゥーッと腹の虫の鳴くのを聞きながら、大二郎に電話をかけて、正午に国立駅南口で落ち合う約束をした。

厚めのトースト五枚と三つ目の目玉焼き、ベーコンと牛乳、トマトジュースを腹の虫に食わせる。鳴き止んだところで、髭《ひげ》を剃《そ》り、シャワーをあびた。

マンションを出て、立川駅へ歩く。東京行きの快速電車に乗ると、つぎの国立駅で降りて、南口へ出た。

正午に五分前だったが、大二郎は来ていた。

ブルーのダウンジャケットの襟元《えりもと》に赤いシャツを覗かせていた。目を合わせて、にこっと笑う。

「待ったか？」

相馬も顔を和めた。

「来たばかりだ」

肩を並べて歩き出す。

大学《だいがく》通りをすすんで、喫茶店に入った。奥のテーブルで向かい合う。

相馬は、アメリカンを、大二郎は、ウインナー・コーヒーをたのんだ。

「相変わらず、やってるんだな」

「まあ、ね」

「蔵吉邸とは、おどろいたな」

「ウマさんも調べてたの？」

察しよく、大二郎が訊いてくる。

「ああ。去年の暮れに、蔵吉と会ってるんだ」

「まだ、株券の詐欺《さぎ》事件を洗っているの？」

「おまえ、くわしいらしいな」

「勉強してるからね」

「金の在処《ありか》を嗅《か》ぎつけたり、下見をするのも、勉強のうちか」

「しーっ」

大二郎が、口に指を当てる。

コーヒーが運ばれてきた。

相馬が、熱いアメリカンをすすりこむ。大二郎も、カップに口をつけた。

「ウマさん、声が大きいよ」

「ヒソヒソ話に慣れてないんでね。コソコソすることもないからな」

「あのコソ泥、どうなった？」

大二郎が声を低める。

「死んでた。青酸中毒だ」

相馬も声を落とした。

「ビールに青酸カリが入ってたんだな。……身元は割れたんだろ？」

「ああ、窃盗の前科六犯、真坂善次、六十二歳、とわかった」

「六回も、とっつかまってたのか。やっぱり、コソ泥だったんだね。アキ巣なんかも、やってたんじゃないか。おれなんか、仕事は、せいぜい年に一度だからね。おまけに、被害届の出せない金ばかり、ねらっているんだ。平成のネズミ小僧次郎吉《じろきち》だもんね」

「ウサギ小僧のピョン吉《きち》か、イタチ小僧のヘエ吉《きち》だろ」

「またまた、ウマさん。それはないよ」

いつもの、やりとりである。

「おまえが目撃者だ。くわしく話してくれ」

「話せば長いことながら……」

「長くても聞くよ」

「蔵吉は、いまも言ったが、株券の詐欺で告訴された。告訴したのは、〈美浜建設〉の社長だ。時価にして九十億円もの株券を騙《だま》しとられたんだ。その株券は七十億円で売られている。蔵吉自身は売っていないから、当然、共犯がいるんだろう。蔵吉の懐《ふところ》に半分入ったとしても、三十五億円だ。去年の四月に、三億円の保釈金をポンと払って、シャバに出ている。あの蔵吉邸に億単位の隠し金があると睨んでいるんだ」

「それで、下見か？」

「そう。詐欺事件を調べにかかったのは、去年の五月からでね。蔵吉の家庭状況や会社のことも調べたよ。何度も下見をしているんだが、いまだに、金の隠し場所が、つかめない。きのうの晩も出かけたんだ。車を停めて、蔵吉邸へ歩いた。すると、おれの先を行く野郎がいたんだ。まさか、とおもったよ。先客がいるなんてね。そいつが、真坂だったたんだね」

「おいおい、駄ジャレか？」

「わかった？」

「わかるよ。代理の下手《へた》な駄ジャレを聞かされてるからな」

「久我さん、元気？」

「ああ。……話をもどしてくれ」

「真坂は、門の前を通って裏へまわった。裏木戸で、扉越しに手を伸ばして留め金をはずすと、開けて入った。ちょっと間を置いて、おれも入った。真坂は、勝手口のガラス戸を割るのに手間どっていた。おれみたいに錠前屋で修業してないんだね。やっとガラス戸を開けると、入っていった。おれも入った。上がりこんで覗くと、真坂が、冷蔵庫からビールを取り出した。大瓶だったよ。椅子にすわって、ラッパ飲みで飲み出した。瓶から口を離して、テーブルに置いたかとおもうと、唸り声をあげて、両手で喉を掻きむしった。椅子から落ちると、全身をふるわせた。そっと近寄って声をかけてみたが、反応がない。息が止まっているのが、わかったから、ヤバイとおもって、外へ飛び出し、ウマさんに電話したんだ」

「呼吸麻痺《まひ》で喉を掻きむしり、全身性痙攣を起こしたんだね」

「ビールの盗み飲みだけで死んだんじゃ、コソ泥だって、かわいそうだよね」

「蔵吉邸で、ビールを飲むのは、亭主の蔵吉だけなんだそうだ」

「それじゃ、だれかが、蔵吉の命をねらって、ビールに青酸カリを入れたということ?」

「その可能性は大きいな」

「女房は美人だろ、若くて。不倫でもして、亭主が邪魔になったんじゃないの」

「そう単純には、いかないとおもうよ」

「女房の名前は、佐美子。年は四十二。旧姓は花村《はなむら》。株式会社〈クラヨシ〉の元社員で、社長秘書をしていて、蔵吉と不倫関係になったんだそうだ」

「おまえ、ばかにくわしいな」

「言ったろ。去年の五月から、ねらいをつけて調べてるんだって。〈クラヨシ〉に中《な》井恭子《かいきょうこ》という社員がいてね、年は二十六。この恭子が、会社をおわってから、歌舞伎町の〈宵待草《よいまちぐさ》〉というスナックでバイトをしているんだ。週に三回、店に出ている。その店へ飲みに行って、仲よくなり、いろいろ聞き出したんだ」

「おまえは、いい男だからな」

「ウマさんだって、いい男だよ」

「そう言ってくれるのは、おまえとオフクロだけだ」

「へーえ、オフクロさんが……」

「おまえは、いい男だから、女に気をつけろってね」

「やっぱり親だなぁ。息子は、いい男に見えるんだねぇ」

「その言い方、ちょっと引っかかるな」

「ウマさんは、男にだって惚《ほ》れられるよ。男心に男が惚れて、と言うだろ。おれも、ウマさんに惚れてるんだから」

「おまえに惚れられるより、惚れてほしい女がいるんだ。高嶺の花なんだけどね」

「高嶺の花って、まさか、蔵吉の娘じゃないだろうね？」

「里奈さんか。彼女じゃない」

相馬は、きっぱりと言って、

「おまえは、その恭子さんに惚れられてるんだろ？」

「まあ、ね。顔は十人並みなんだけど、泣き声が、いいんだ。あのときの泣き声がね」

「ホー、ホ、ケキョって泣くのか？」

「ウグイスじゃあるまいし」

「泣かして仕入れたネタは？」

「蔵吉は、前の女房を離縁して、三年前に佐美子と結婚しているんだ。女癖は、よくないらしいよ。いまでも、女性社員に手を付けるし、銀座《ぎんざ》のホステスにマンションを買ってやったりしているそうだ。ま、とにかく、乗り物が好きなんだね」

「おいおい、乗り物だなんて言うと、セクハラになるよ」

「蔵吉は、車も好きで、スポーツカーを乗りまわしているよ」

「銀座のホステスの名前は？」

「六丁目に〈ウララ〉というバーがある。蔵吉は常連客でね。そこの須麻子《すまこ》というホステスと、いい仲だそうだ」

「怨恨《えんこん》の線だとすると、女性関係か」

「おれにとっちゃ、女より金だ。パクッた株券を七十億円で売ってるんだ。七十億だよ」

大二郎が、声を低めながらも、語気を強める。

「天文学的数字だね」

「その七十億の金の流れが問題なんだ。さっきも言ったが、蔵吉は、半分を懐ろに入れてるんじゃないか。詐欺師は金儲《かねもう》けが、うまいんだね。千葉・南房総《みなみぼうそう》の勝浦《かつうら》の鵜原《うばら》理想郷《りそうきょう》と、山梨の清里《きよさと》に別荘を持ってるよ」

「へーえ。別荘が二軒か。ぬかりなく調べてるんだろ？」

「うん。ほとんど無人だからね。おれには、出入り自由でね。だけど、残念ながら、金はなかった」

「それで、本宅と睨んだわけか?」

「そう。蔵吉邸だ。あの屋敷の、どこかに億単位の金が眠っているはずだ」

「ところで、〈クラヨシ〉は、金融と不動産業をやってるんだろ?」

「そう。金貸しと、不動産売買の仲介だそうだ」

「街の金融、つまり、街金は、たいがい暴力団と組んでいる。会社も蔵吉自身も、暴力団と絡んでるんじゃないか」

「いまのところ、まだ、はっきりしないが、おれも、そう睨んでいる。株券詐欺の共犯は、暴力団じゃないかとね」

大二郎は、そう言い、コーヒーを飲み干して、

「ウマさんは、どうして、いまごろ、蔵吉を洗っているの?」

「国立市内の多摩川の近くの公園で、一本の木に三人の首吊《くびつ》りがあったろ」

「ああ、新聞やテレビで見たよ。去年の暮れだったね」

「そう。発見されたのが、十二月二十日だ。ふたりは自殺だったが、ひとりは他殺でね。絞殺されてから吊るされたんだ。その被害者が、金融業の飛田芳夫、四十二歳だ

った。この飛田が、蔵吉が詐取した〈美浜建設〉の株券を七十億円で売った男なんだ」

「へーえ、そうだったの。ちっとも知らなかった」

「知らなくて当然、公表してないからね」

「すると、その飛田は、蔵吉の共犯ということ？」

「蔵吉が勾留《こうりゅう》された時点で、飛田は重要参考人として事情聴取を受けている。しかし、金融ブローカーの横塚英二という男から株券の売却を依頼された、と供述した。そのとき、横塚は、交通事故で、すでに死亡していたんだ」

「死人に口なしだね」

「そう。そして、蔵吉と飛田は、おたがいに知らない、と供述した。ふたりの接点もなかったから、飛田は事情聴取だけで帰された。ところが、去年の十二月二十日に首吊り偽装の死体となって発見されたわけだ」

「口封じだね。ビールに青酸カリを入れて、蔵吉をねらったのも、口封じのためじゃないの」

「おまえは頭がいい」

「コーヒー代、おごるよ」

「いや、割り勘。渇《かっ》しても盗泉《とうせん》の水を飲まず、だ」

「水じゃなくて、コーヒーだよ」

大二郎が、ふくれっ面《つら》を見せる。

「それじゃ、おれが、おごる。ネタをもらったんだからな」

あかるく、相馬が言った。

「安月給で大丈夫？」

「コーヒー二杯で、破産はしない」

「牛飲馬食で破産するんじゃないの」

「その可能性ならあるな」

「じゃ、やっぱり、割り勘」

そう言って、大二郎が笑い出す。

4

一月七日の午後六時から、捜査会議がはじまった。

この日も、若杉麗子係長が、黒田の隣りにすわった。

オリーブグリーンのスーツの襟元に、白のハイネックのセーターを覗かせている。口紅は、サーモンピンクだった。品がよくて、清潔感をただよわせている。

相馬は、あこがれの眼差《まなざ》しで、麗子を見つめた。麗子が、相馬の視線に気づいて、会釈をし、にこっと笑いかける。相馬は、ペコッとおじぎをした。

「最初に事件をキャッチしたのは、ウマさんだね」

と、佐藤が口を切る。

「は、はい」

相馬は、あわてて、麗子から佐藤に目を移した。

「そのときの状況を説明しなさい」

「わたしの友だちが、たまたま蔵吉邸の裏を通りかかると、裏木戸から侵入する不審な男を見かけたので、わたしに電話をよこしました。きょうの午前一時半ごろです。即刻、宿直の係長に電話しました」

「午前一時半というと、草木《くさき》も眠る丑三《うしみ》つ時《どき》だ。ウマさんの友だちは、どうして、そんな時刻に、蔵吉邸の裏を通りかかったんだね？」

冷たい口調で、久我が質問する。

「あのう。丑三つ時は、午前三時ごろだとおもいますけど……」

と、鴨田が口を出した。

「要するに真夜中ということだ」

久我は、鴨田を睨みつけてから、

「いったい、どういう友だちなんだね？」

「まぁまぁ。ウマさんの友だちの詮索《せんさく》は、とにかくとして、わたしは、ウマさんの電話を受けると、すぐに、蔵吉邸に電話を入れました」

と、蟹沢が、助け船を出して、

「出たのは、お手伝いの塩谷勝子さんでした。そこで、異状があるか、どうか、勝手口とキッチンを見るように指示しました。通信指令室が、塩谷さんから一一〇番通報を受けたのは、午前一時四十八分です。即刻、急行しましたが、窃盗犯の真坂善次、六十二歳は、蔵吉邸のキッチンで、すでに死亡しておりました」

「解剖の所見を報告します。死因は青酸中毒です。胸腔《きょうこう》や腹腔《ふくこう》を開いたとき、アーモンド臭がし、死斑と各臓器は紅色を呈していたということです。死亡推定日時は、きよう一月七日の午前一時三十分ごろ、となっております」

と、佐藤が言う。

「テーブルの上の飲みかけのビール一本と、冷蔵庫から二本、床下の収納庫から十本を押収しました。いずれも大瓶です。飲みかけのビール一本から、シアン化合物であるシアン化カリウム、つまり、青酸カリが検出されました。しかも、この一本の瓶からは、指紋が検出されておりません」

つづけて、蟹沢が言った。

「つまり、その一本に青酸カリを混入して、瓶の指紋を拭き取ったということだね？」

と、中藤が念を押す。

「そうです」

蟹沢は、きっぱり、こたえて、

「塩谷さんの供述によると、昨日六日の昼ごろ、冷蔵庫を開けたところ、ビールが一本しか入っていなかったので、酒屋の〈久保商店〉に電話で注文したとのことです。いつも、一ダースずつ届けてもらっているそうです。塩谷さんは、午後二時ごろ、買い物に出かけて、四時前に帰っております。すると、勝手口の戸の前に、ケース入りの一ダースのビールが置いてあったということです。勝手口のチャイムを鳴らしても、だれも出ないときには、戸の前に置いていくのだそうです。そこで、〈久保商店〉に問い合わせました。店員の永本敏夫《ながもととしお》、二十五歳が、蔵吉邸にビールを届け、勝手口の戸の前に一ダースを置いたのは、午後三時ごろということです」

「すると、午後三時ごろから四時前まで、ビールは、勝手口の外に置いてあったということだね？」

中藤が、また念を押す。

「そうです」

と、蟹沢は、語気を強めて、

「塩谷さんは、その一ダースのうち二本を冷蔵庫に入れ、残りの十本を収納庫に入れた、と供述しております。ですから、真坂が侵入した時点では、冷蔵庫に三本のビールが入っていたことになります」

「真坂が飲んだのは、残っていた一本なのか、それとも補給した二本のうちの一本なのか、どうなんだね？」

「塩谷さんは、わからない、と申しております。ともあれ、晩酌にビールを飲むのは、主《あるじ》の蔵吉だけで、奥さんの佐美子さん、娘の里奈さん、運転手の宮下さん、塩谷さん、この四人は、ビールを飲みません」

「蔵吉の命をねらったのは、あきらかだね」

と、中藤も語気を強めて、

「しかし、どうやって、ビールに青酸カリを入れたのかね？」

「ビールの大瓶で実験しました。蓋の上に十円玉を載せて、普通の栓抜きで開けると、蓋に傷がつかず、開けた痕跡は残りません。爪《つめ》で引っかける形の栓抜きでは、あきらかな跡が残ります。穴の開いている普通の栓抜きを使って蓋を開け、手早く青酸カリを入れて、ピシッと蓋を閉めると、炭酸も、ほとんど抜けません」

「なるほど」

中藤が、納得した顔になる。

「〈久保商店〉の永本は、その前にも、ビールを届けているんだろ？」

と、黒田が問いかける。

「去年の十二月二十六日の午後、一ダースを届けております。そのときには、直接、塩谷さんに渡したそうです」

蟹沢は、黒田に目を向けた。

「そのときのビールが、一本残っていたということなんだね？」

「そうです」

「それにしても、どうしてビールを飲んだのかねえ。よっぽど飲ん兵衛の泥棒なのかねえ」

と、久我が口を入れる。

「緊張すると、喉が渇きます。水を飲んで、コップに指紋を残した泥棒もいます。昔は、落ちつくのに、脱糞してから侵入する泥棒もいましたよ」

蟹沢は、久我に目を移した。

「ウンがあるとも言うからね」

また、駄ジャレが飛び出す。

「そういえば、ちかごろ、窃盗の現場でウンコを見かけないねえ」

まじめな顔で、佐藤が言った。

「洋式トイレに慣れているから、泥棒も、しゃがむのが、つらいんじゃないですか」

鴨田が、つづける。

「捜査に、ウンが付いてくれると、いいんだがねえ」

中藤も顔を和めた。真顔になって、

「ウマくんから、侵入手口や状況を聞こうかね」

「裏木戸は、丈が低くて、扉越しに手を伸ばすと、留め金をはずすことができます。真坂は、そのようにして扉を開け、裏庭に入ったものでしょう。金槌《かなづち》やドライバー、粘着テープなどが、着衣のジャンパーのポケットから発見されております。勝手口のガラス戸の、サッシ枠の角のガラスが割れて、穴が開いておりました。粘着テープを、そのガラスに貼りつけ、金槌で叩いて割ってから、サッシ枠にドライバーを差しこんで穴を開け、そこから手を突っこんで、カギをはずしたもの、とおもいます。スニーカーのまま上がりこんでおります。不鮮明なスニーカーの足痕跡《そっこんせき》が、キッチンの床に付いていました。真坂は、物色もせずに、そのまま冷蔵庫に向かい、扉を開けて、ビールを取り出すと、冷蔵庫の側面に下がっていた栓抜きで蓋を開け、椅子に腰をかけた、とおもわれます。テーブルにグラスはなく、ラッパ飲みで飲みはじめたものでしょう……」

「どうして椅子にかけたと、わかるんだね？」

と、久我が口を入れる。

「立ったまま飲みはじめたのなら、ビール瓶を落とします。そして倒れたら、大きな音がします。キッチンに近い部屋の塩谷さんが気づくはずです。ところが、眠っていて、係長の電話で目を覚ましております。椅子に腰をおろして飲みはじめ、青酸のショックを受けて、ビール瓶をテーブルに置くと、苦しみ、もがいて、椅子から落ちたものでしょう。だから、大きな物音を立てなかった。わたしたちが駆けつけたとき、冷蔵庫とテーブルのあいだで、あおむけになっていて、そばに椅子がありました。脈泊の停止を確認し、口臭を嗅いで、青酸中毒と断定したのは係長です」

「うん、なるほど。そういうことだろうね」

中藤は、相馬に、うなずいて見せてから、

「ところで、蔵吉本人は、どうしているんだね？」

「奥さんは、熱川温泉に泊まって、東伊豆のカントリークラブでプレーする、そう聞いているだけです。乗って出た車は、シルバーのポルシェで、練馬ナンバーです。熱川温泉の宿泊先を探すと、〈ホテル熱川〉とわかりました。ひとりではなく、二十七、八の女性といっしょだったそうです。チェックインしたのは、きのうの午後五時ごろということです」

と、蟹沢は告げる。

「若い女性といっしょだから、奥さんに、宿泊先を、はっきり言わなかったんだね」

黒田が口をはさんだ。

「ホテルの従業員の口から、プレーしたのは、〈東伊豆ゴルフカントリー〉とわかりました。きのうの午後と、きょうの午前中、その女性とコースをまわっております。きょうの昼、ゴルフ場のレストランで食事をしたあと、午後のプレーをキャンセルしたそうです。おそらく、昼食のおり、テレビニュースを見て、自宅の事件を知ったものでしょう。午後一時半ごろ、ホテルにもどると、二時ごろにチェックアウトして、ポルシェで発《た》ったということです。蔵吉も女性も、それ以後の消息はわかりません」

蟹沢が、てきぱきと言う。

「帰宅は、あすの予定だったね？」

念を押すように、久我が問いかけた。

「そうです。しかし、自分の命をねらわれたと、わかって、姿を消す可能性もあります」

蟹沢が、久我に目を向ける。

「蔵吉邸で、ビールを飲むのは、蔵吉本人だけです。そのビールに青酸カリが入っていた。恐怖心をいだくのは当然です。〈美浜建設〉の株券詐欺事件は、売却代金が七十億という莫大《ばくだい》な金額です。蔵吉が、株券を貸したと供述している石橋鉄雄は、いまだに失踪したまま行方が知れません。株券を売却した飛田芳夫は殺されています。飛田のホトケを運び出したのは、男二名です。この二名は、詐欺の共犯で、飛田の口を封じたものと考えられます。石橋も、すでに殺されている可能性があります。今回は、蔵吉が、ねらわれたと考えられます」

めずらしく、相馬が語気を強める。

「口封じか、怨恨の線だね」

中藤は、相馬と目を合わせた。

「美浜さんは、どうしておられますか？」

相馬は、麗子に目を移した。

「自社の持ち株を詐取された責任をとって、社長を辞任し、現在は、顧問をしておられます。元専務の福原信《ふくはらしん》さんが、社長に昇格しました。あらたに美浜建設株を取得した株主二名が役員にくわわりました」

と、麗子が言う。

「美浜さんが、蔵吉を恨《うら》んでいるのは、たしかですね」

「二代目で、オーナー社長をしておられた方です。蔵吉のように、あぶない橋を渡ったり、修羅場《しゅらば》をくぐり抜けて、一代で伸《の》し上がった男ではございません。人柄がよくて、人を恨むより自分を責めるタイプだと、おもいます。いまは、週に一度出社なさるだけで、奥さまとふたりで、西伊豆の別荘におられます」

麗子の言葉つきは、はっきりしている。

「蔵吉のいまの奥さんの佐美子さんは、〈クラヨシ〉の元社員で、社長秘書をしていて、三年ほど前に、蔵吉と結婚したんだそうですね？」

「ええ、そのとおりです」

「里奈さんは、前の奥さんの娘ですね？」

「そうです」

みんなの視線が、相馬と麗子にあつまっている。

「蔵吉が、前の奥さんと離婚したのは、いつですか？」

「佐美子さんと再婚する半年前ですから、三年半ほど前になります。前の奥さまは、旧姓にもどって、宇田川千恵《うだがわちえ》さん。お年は、蔵吉より五つ下で五十八歳。国分寺《こくぶんじ》市光《ひかり》町《ちょう》のマンション〈クレストホームズ〉に、お住まいです。分譲マンションで、離縁の際、蔵吉から慰謝料の一部として取得したんだそうです。蔵吉にとっては糟糠《そうこう》の妻です。気持ちのやさしい、よくできた方で、介護福祉士をしておられます」

「糟糠の妻を離縁するなんて、けしからん」

久我が、憤慨《ふんがい》に堪《た》えないといった声を出す。

愛妻家なのだ。細君の名前は、タマ子。カラオケで、「霧子《きりこ》のタンゴ」を歌うと、「霧子」という歌詞が、「タマ子」になって、「かわいィー、タマ子よゥー」と声を張りあげるのである。

麗子が、おや？　という顔で、久我を見やる。

中藤も顔を和めて、久我を見た。

相馬の「牛飲馬食」並みに、久我の「一穴主義」は有名だから、蟹沢ら所轄の刑事たちは、だれも久我に注目しない。久我の、苦笑をうかべただけであった。

「国立市と国分寺市は隣接しています。佐藤が、近くですし、実母だから、里奈さんは、ときどき千恵さんと会っているんでしょうね？」

ちょっと間を置いてから、相馬がつづける。

「ええ。実の親子ですから、仲がいいのは当然です。蔵吉も、ひとり娘の里奈さんを溺愛《できあい》しています。蔵吉が、佐美子さんと再婚したころ、里奈さんは、家を出て、ニューヨークに行っていました。ファッション・デザイナーの仕事も、ニューヨークで修業して腕を上げたんだそうです。しっかりした娘さんです」

麗子は、相馬に目をもどして、はきはきと言う。

「蔵吉は、女好きというか、浮気性らしいですね。いまでも、女性社員に手を付けるし、銀座のホステスにマンションを買ってやったりしているそうですね？」

「相馬さん、よく調べましたね」

と、麗子が笑みを見せる。

「いやいや、……」

相馬は、てれて、頭を掻いた。

「ウマさん、いつのまに調べたんだね？」

と、佐藤が声をかける。

「ま、あっちこっち駆けまわって……」

大二郎から聞いた、と言えないから言葉を濁した。

「駆けまわったのは、東京競馬場かね？」

久我が、駄ジャレを入れる。

「競馬場を駆けまわってるのは、親戚です」

相馬も、負けてはいない。

麗子が、くすっと吹き出す。

「蔵吉が親しくしている銀座のホステスを、ご存知ですか？」

と、相馬は訊いてみた。

「噂は聞いていますが、名前までは存じません」

麗子が、まじめな顔になる。

「熱川温泉へ同行して、いっしょにゴルフをしたのは、そのホステスじゃないのかね？」

また、佐藤が口をはさんだ。

「同行の女性の身元は、いまのところ割れておりません。〈ホテル熱川〉の宿泊者名簿に記入されているのは、蔵吉の名前だけということです」

と、蟹沢が言葉を返す。

「〈蔵吉産業〉は、美浜さんに渡した四十億円の手形を不渡りにして倒産したのでしたね」

相馬は、麗子に目を向けて、念を押した。

「ええ、そうです」

「残っている〈クラヨシ〉は、どういう会社ですか？」

「社屋は、西新宿一丁目の〈クラヨシビル〉です。七階建てで、一階のフロアを〈クラヨシ〉が使い、二階から上は、事務所として貸しております。このビルも銀行の抵当に入っています。業務は、金融と不動産業です。不動産担保融資や証券担保ローン、手形割引、最近は、無担保貸付、つまり、消費者金融にも手を出しております。要するに街金です。不動産業は、不動産の売買や仲介業などです」

よくとおる声で、麗子が、つづけて、

「社長は、蔵吉。専務は、朝長雅樹《あさながまさき》、五十二歳。元秘書室長で、蔵吉の右腕とも知恵袋とも言われております。蔵吉の金の流れについても熟知しているはずなので、何度も事情聴取しましたが、非常に口が堅く、蔵吉の不利になることは、いっさい供述しておりません。小柄で華奢《きゃしゃ》ですが、芯《しん》は強いんだとおもいます。取締役総務部長の陣《じん》野武司《のたけし》は四十七歳。恰幅《かっぷく》がよく、意欲的で精力家、人望もあって、次期社長の噂もあります。蔵吉も一目置いていて信頼しているようです。常務は西森勉《にしもりつとむ》、五十歳。不動産部門の担当ですが、蔵吉の指示どおりに動くイエスマンです。景気のいいころは、社員は百名を超えていたそうですが、いまは二十数名です。役員の数も減っておりますす」

「街金の多くは、バックに金主がいたり、暴力団と関係があると言われております。総務部長の陣野は、暴力団と付き合いがあるんじゃないですか？」

相馬は、質問をつづけた。

佐藤や久我、蟹沢らの目は、麗子にあつまっている。

「金主や暴力団関係も捜査しましたが、明確な証拠はつかめませんでした」

「いずれにしろ、蔵吉は、ワンマン社長ですね？」

「ええ、そうです。たいへんな、やり手です。前にも申しましたが、バブル全盛のころは、地下金脈の大物と言われ、資産数千億円と豪語して、政界のタニマチを自称したことがあります。蔵吉マネーは政官界へ十数億流れたと噂になったこともございます。事実、政治家のパーティー券も百万円単位で購入しております。建設省や大蔵省の高級官僚に接待攻勢をかけて、銀座の高級クラブやバーで一晩に数百万円の散財をしたことがあるそうです。河川敷にゴルフ場を作ったり、地方の県からゴルフ場建設の許可を取るために、建設省の官僚を動かしたこともあります。政治家への裏献金も取り沙汰されました。とくに建設族の代議士と親しくなり、ゼネコンとのパイプ役も務めております。美浜さんにも、代議士や建設官僚を紹介し、信用を得て、詐欺のタネを蒔《ま》いたわけです」

「実際に、代議士の名前や金額なども出ましたか？」

「ええ。蔵吉が、とくに親しくしていたのは、建設族で保守党の財堂敬太郎《ざいどうけいたろう》代議士です。金庫番の堀川清介《ほりかわせいすけ》秘書には、無利子、無担保で一億八千万円を貸しております。裏献金ではないかと問題になりましたが、堀川秘書が自宅を購入したこともあって、個人的な借金とみなされ、いちおう決着がついたそうです」

「堀川秘書は、その一億八千万円を返済したのですか？」

「全額を返済したかどうかは聞いていませんが、そのころは、まだ景気がよかったんだとおもいます。蔵吉は、バブルの崩壊によって、大打撃を受けています。ゴルフ場建設の挫折《ざせつ》、土地価格や株価の暴落によって、資産が大きく減少し、資金繰りに支障をきたすようになったのです」

「しかし、景気が、わるくなりだしたころ、美浜さんに二十億円貸していますね？」

「ええ」

「その二十億円は、どこから出たのですか？」

「そこまでは、わかっておりません」

「やはり、バックに金主がいたんじゃありませんか？」

「さきほど申しましたが、明確な証拠をつかんでいませんので、何とも言えません」

「その二十億円は、七十億円の詐欺の布石になっています。金主なら出すんじゃありませんか？」

「相馬さんは、その金主が、蔵吉の口封じをねらったと考えているのですか？」

こんどは、麗子が問いかける。

「当然考えられますが、怨恨の線もあります。蔵吉は、かなり悪辣《あくらつ》なこともしているんでしょう？」

「四年ほど前になります。蔵吉は、大蔵官僚をとおして、西東京《にしとうきょう》銀行副頭取の曾我野《そがの》貴雄《たかお》さんと親しくなりました。曾我野さんをゴルフに接待して、伊豆のホテルにスイートルームを用意しました。高級クラブのホステスも連れて行きました。スイートルームで、曾我野さんに酒を飲ませ、酔っぱらったところで、ホステスをからませると、そこをねらって写真を撮ったんだそうです。蔵吉は、曾我野さんを嵌《は》めたのです。その写真をネタに、担保価値のない山林を担保にして、六十億円を借り出しております。もちろん、不正融資です。銀行側は、このことを公表せず、事件にはならなかったものの、曾我野さんは銀行を辞めました。息子の貴一郎《きいちろう》さんも、おなじ銀行の池袋《いけぶくろ》支店に勤務してましたが、居づらくなって辞めております。曾我野さんは、辞職してから半年目に心筋梗塞《しんきんこうそく》で死亡しました。田園調布《でんえんちょうふ》の邸宅も、父親の死亡後、息子の貴一郎さんが売却し、引っ越しております。いまのところ、所在は不明です」

「うーん。副頭取の曾我野さんは、さぞや無念だったろうね」

と、佐藤の口から唸り声がもれる。

「まさに怨恨の線ですな」

蟹沢の言葉にも力がこもった。

暴力団の影

1

　翌、一月八日の朝、相馬が、出署したのは、八時半をまわっていた。この男は、勤務時間を気にしない。遅れても、あわてないのである。

　署の正面玄関から、のっそりと入っていって、受付カウンターのわきを通り、廊下を右へすすむ。突き当たりが留置場で、右手が看守室になっている。刑事部屋は左手にあった。

　入口から奥へ、暴力団捜査係、盗犯係、知能犯係、強行犯係と机が並んでいる。右手に格子窓があって、左手には、一号室から三号室まで調べ室が並んでいた。この調べ室の奥が、鑑識係の小部屋になっている。

相馬が入っていくと、数人の刑事が席にいた。奥の壁際の席で、佐藤と久我が顔をそろえている。

強行犯係の席には、蟹沢が、一人いた。この係の刑事らは、すでに捜査に出かけたのだろう。

「お早《は》ようございます」

と、相馬は挨拶《あいさつ》をした。

「お早くもないがね」

久我が、しぶい顔を向けてくる。

相馬は、ぜんぜん気にしない様子で、自分の席に腰をおろした。

「蔵吉邸へ電話をかけたんだがね」

と、蟹沢が声をかけてくる。

「勝子さんが出て、奥さんに代わった。主人から何の連絡もございません。会社のほうにも連絡がないそうです、と言っている」

「やはり、身に危険を感じて、行方《ゆくえ》をくらましたんじゃないですか」

相馬が、そう言葉を返したとき、机の電話が鳴った。受話器を取って、

「はい、相馬です」

「二課の若杉です」

耳に残っている女の声であった。

「あっ、あの、若杉係長ですか」

声が、あわてぎみになる。

久我と佐藤が、相馬を見た。

蟹沢も、相馬に首をまわす。

「ええ。西東京銀行を辞めた曾我野貴一郎さんのことが気になったので調べてみました」

「それは、どうも」

「貴一郎さんと同期の入行で、池袋支店でも同僚で、いまでも付き合いがあるという行員を突き止めました。西河耕二《にしかわこうじ》さん、三十一歳です。この西河さんに訊《き》いたところ、貴一郎さんの住居は、国立市北《きた》二丁目のマンション〈ファミリーハイム〉の五〇八号室だそうです」

麗子は、電話の声も、よかった。言葉つきも、例の調子で、はきはきしている。

「へーえ。うちの管内ですよ」

「母親と、ふたりで暮らしているとのことです」

「はい、わかりました。即刻、当たります」

相馬の声が、はずむ。

「手がかりになれば、いいですね」

「ありがとうございました。報告は、あの、その、のちほど……」

「張りきりすぎないでね」

麗子の声音が親しげになり、笑いをふくむ。

相馬は、もう一度、礼を言ってから受話器を置いた。

この電話の内容を三人に告げる。

「ともに国立市内か。これは、ひょっとすると、ひょっとするよ」

佐藤の声が、あかるくなる。

「若杉係長は、どうしてウマさんに電話をよこしたのかね」

久我が、合点のいかない顔になる。

「ウマさんは捜査に懸命です。会議でも、どんどん発言してます。若杉係長は好意を持ったんじゃありませんか」

と、蟹沢が言った。

「ウマさんに好意をねえ」

久我が、まじまじと相馬の長い顔を見つめる。

「世の中は、何が、どうなるやら、わからないからね。ひょんなことから、ひょんなことになるもんだ。瓢箪《ひょうたん》から駒《こま》、ヤブからヘビだからね」

もっともな顔で、佐藤が言う。

「ヤブから棒でしょう?」

と、相馬が口を出した。

「棒とは、かぎらない。ヤブをつついてヘビを出す、という諺《ことわざ》がある」

久我が、佐藤の肩を持つ。

「ヤブヘビにならないうちに出かけるか」

蟹沢が苦笑をうかべながら、腰をあげた。

相馬も立つ。

二人は、この刑事部屋を出た。

玄関から駐車場へ歩いて、捜査専用車に乗りこむ。

バス通りを走り、中央線のガードをくぐって、右折する。立川市から国立市に入った。北三丁目を通り抜けて、二丁目にかかる。

〈ファミリーハイム〉は、五階建てのマンションだった。

車を停めて、玄関の大理石の床を踏む。

エレベーターで五階に上がった。

五〇八号室には、〈曾我野〉と表札が出ていた。

インターホンのボタンを押す。

「どなたですか？」

と、女の声が訊いてくる。

「警視庁北多摩署の蟹沢と申します」

「ちょっとお待ちを」

じきに、ドアが細めに開いて、女が顔を覗《のぞ》かせた。

蟹沢が、紐《ひも》付きの警察手帳を提示する。

「どうぞ」

ドアのチェーンをはずして、女が請じた。

蟹沢が入る。相馬がつづいた。

ふんわりとウエーブがかかった髪が、きれいに整っている。色白で、顔立ちに品があった。ダークレッドのセーターに黒のパンツ姿だった。六十歳くらいに見える。

「西東京銀行の副頭取をしておられた曾我野さんの奥さまですね？」

玄関に立ったままで、蟹沢が、おだやかに問いかける。

「はい、左様でございます」

「失礼ですが、お名前を?」

「静江《しずえ》と申します」

「ご子息の貴一郎さんは、いま、どちらに?」

「貴一郎が何か?」

静江が、怪訝《けげん》げに問い返した。

「蔵吉さんを、ご存知ですね?」

「ええ、存じてます」

静江の表情が、わずかに翳《かげ》る。

「蔵吉さん宅に入った泥棒が急死したのも、ご存知ですね?」

「ええ。テレビや新聞で見ております」

「蔵吉さんと関係のあった方、ある方から事情を聞いてまわっております。貴一郎さんにも、お聞きしたくて伺ったわけです」

「勤めに出ております」

「どちらへ?」

「〈加賀《かが》造園〉です」

「植木屋さんですね？」

「ええ。お庭造りや植木の管理などをしております。銀行は、もうこりごりだと申しましてね。もともと山歩きが好きで、草花も好きな子でございますから」

「わたしも山が好きです」

と、相馬が口を入れる。

「まあ、刑事さんも」

静江が、相馬に目を移して、顔を和める。

「その〈加賀造園〉は、どこにあるんですか？」

と、相馬が訊いた。

「この国立の青柳《あおやぎ》です」

「多摩川の近くですね」

念を押すように、蟹沢が言った。

「ええ」

静江が、蟹沢に目をもどす。

「どうも、お邪魔しました」

この五〇八号室を出た。

ふたたび、捜査専用車を走らせる。

「銀行員から植木職か」

「金を数えているより、草木が相手のほうが、いいですよ」

「頭取の頭を叩《たた》いたら首になるが、石灯籠《いしどうろう》の頭を叩いても文句を言われないからな」

「石灯籠の頭は叩かないで、撫《な》でるんじゃないですか？」

「頭取の頭を撫でても、リストラになるよ」

「うちの代理の頭は、どうですか？」

「どんな顔をするか、見物《みもの》だね。しかし、撫でるのなら、頭より尻のほうがいいね」

「女性の？」

「そうそう。ウマさんも、代理の頭より、若杉係長の、お尻を撫でたほうがいいよ」

「はい。努力します」

中央線の踏切を渡り返し、富士見通りをすすんで、矢川通りに入ると、南武線の踏切を渡った。甲州街道へ出て、立川方向へ走る。左手に交番があった。

この交番で、〈加賀造園〉の所在をたしかめる。車にもどって、立川方向へ、わずかにすすむ。左折して、多摩川に向かった。

左手に、〈加賀造園〉の大きな看板が立っていた。

その看板のわきの門を入って、車を停める。

広い敷地が、生け垣で囲まれている。トラックとショベルカーが並んで停まっていた。その奥にコンクリートの壁の二階屋があった。左手には、プレハブの平屋が建っている。右手には、いろんな形の石灯籠が並び、庭石が山積みになっていた。その向こうには、さまざまな植木が林立している。

小砂利を踏んで、二階屋に歩み寄る。

蟹沢が、玄関のガラス戸を開けて入った。

相馬が、つづく。

事務所であった。

窓辺には机が、壁際には、ロッカーや書類棚が並んでいる。奥の机で、ゴマ塩の坊主頭の男が、こちらに顔を向けている。窓辺には、若い女が一人いた。

中ほどにテーブルがあって、椅子《いす》で囲まれている。

坊主頭の男が、顔を上げて、二人を見た。

若い女が立ってきて、おじぎをする。

「警察のものです」

蟹沢が告げて、紐付きの警察手帳を見せた。

坊主頭の男も立ってくる。日焼けしていて、恰幅《かっぷく》がよかった。白いワイシャツにカーキ色の作業衣を重ねている。

「加賀です。わたしどもに何か？」

名乗って、訊いてくる。

蟹沢も名乗り、相馬を紹介して、

「社長さんですね？」

「そんな柄じゃないんですが、いちおう会社になっておりますので……」

加賀が、てれぎみに顔を和《なご》めた。

「曾我野貴一郎さんは、こちらにおられますか？」

「ああ、いますよ」

加賀が、気さくにこたえ、若い女に目を向けて、

「呼んできてくれ」

「はい」

若い女が、ガラス戸を開けて出ていく。

「こちらへ、どうぞ」

加賀が、テーブルに請じる。

蟹沢と相馬は、椅子にかけた。

加賀も腰をおろす。

「曾我野さんが銀行員だったことは、ご存知ですね？」

蟹沢が、いつもの調子で、おだやかに問いかける。

「ああ、知ってます。親父さんが、西東京銀行の副頭取だったそうで。不正融資の責任をとって辞められたあと、亡くなられたと聞いております。副頭取の息子だけあって、しっかりしてますよ。頭が切れるし、仕事は熱心だし、身のこなしも、よくてねえ」

加賀は、やはり植木職の親方という感じで、言葉つきも歯切れがよかった。

「蔵吉さんを、ご存知ですか？」

「ああ、知ってますとも。あの屋敷の庭は、わたしどもで、手入れをさせていただいております」

「最近、手入れをなさったのは？」

「去年の暮れ、二十日でした」

加賀は、よどみなく言葉を返してから、

「あの屋敷へ入った泥棒が、青酸カリ入りのビールを飲んで死んだ事件ですか？」

「そうです」

「旦那の蔵吉さんが、詐欺事件で裁判中ということは存じてます。曾我野が、何か関係でも？」

加賀の目に光が萌《きざ》して、蟹沢を見つめる。

そのとき、ガラス戸が開いて、若い女が、もどってきた。

つづいて、男が入ってくる。

白いヘルメットを脱いだ。頭髪を短く刈りこんでいる。眉毛が濃くて、目鼻立ちが整っている。よく日焼けして、頰《ほお》が締まり、精悍《せいかん》な容貌《ようぼう》だった。相馬より、一まわり小さいが、がっしりとした体格で、カーキ色の作業衣の胸板も厚い。

加賀が、蟹沢と相馬を紹介した。

男が頭を下げて、椅子にすわる。

「曾我野貴一郎さんですね？」

蟹沢が、確認する。

「はい」

「お年は？」

「三十一です」

「以前は、田園調布に住んでおられましたね？」

「はい。父が亡くなり、相続税など、いろいろあって、あの家を売って、国立に中古のマンションを買いました。母と住んでおります」

曾我野の受けこたえは、はっきりとしている。物腰も落ちついている。

「こちらには、いつから？」

「二年あまりになります」

「蔵吉のこと、おぼえていますね？」

「はい」

蟹沢が、質問をつづける。

「蔵吉の屋敷の庭の手入れをしましたね？」

「はい」

「最近は、いつでした？」

「去年の十二月二十日です」

「よくおぼえてますね」

「社長の誕生日ですから」

「じつは、そうなんです」

加賀が、顔を和めて口を入れる。

「へーえ、そうでしたか」

蟹沢は、加賀に目を移して、

「何回目の？」

「六十二回目です」

「わたしより一まわり上ですな」

「五十ですか？」

加賀が訊く。

「ええ」

蟹沢は、うなずき、曾我野に目をもどして、

「いまでも、蔵吉を恨《うら》んでいますか？」

「恨んでいないと言えば、ウソになります。父は、血の涙の出るほど、くやしいおもいをしているんです。銀行を辞めてから半年目に心筋梗塞《しんきんこうそく》で亡くなりましたが、憤死したんだと、おもっております」

「一月六日、おとといですがね。午後三時から四時まで、どこにいました？」

「ここです。この二階で新年宴会をやっていました」

曾我野が、はっきりと言う。

「年の暮れは、どこの家も、きれいにして新年を迎えたいので、わたしどもは、忙しいんです。門松《かどまつ》などもありますしね。それで、正月五日間は休みにして、六日は、午後二時から、この二階で新年宴会をやりました。鮨《すし》など仕出しをとりましてね。曾我野も、ずうーっといました。わたしが証明します」

と、加賀がつづける。

「わかりました」

と、蟹沢は顎《あご》を引いた。

相馬が、ほっとした顔になる。

「わたしのアリバイが成立したんですね」

曾我野の表情が、はじめて、ゆるむ。

「ま、そういうことです」

「蔵吉の家の留守の時間帯が、六日の午後三時から四時ということですか？」

と、曾我野が訊いた。

「ビールに細工の可能な時間帯ということです」

「青酸カリが混入されていたんですね？」

つづけて、曾我野が訊く。

「そうです」

「外部の者でも入れられる、ということですか？」

「ま、そうです」

「配達されたビールが、外に置いてあった時間帯ですね？」

「あなたは頭がいい」

蟹沢は、苦笑をもらして、曾我野を見つめた。

それから間もなく、この事務所を出た。

また、捜査専用車に乗りこむと、相馬が、エンジンをかけて、

「さて、どうしますか？」

「ひとまず署へもどろう」

蟹沢は、助手席に尻を沈めた。

甲州街道へ引き返して、立川方向へ向かう。

「あの曾我野二世は、いずれ、そのうち、公園でも造るよ」

「ブランコに乗せてもらいますか」

「お嬢さん、ブランコあそびは、よいけれど、上がり下がりの、そのたびに、チラリと見えるは、まっ黒けのけ、ってね」

「黒いパンツを穿《は》いていたんですか」

「穿いていなかったんだ。昔のワイ歌だからね」

「へーえ。風通しが、よかったでしょうね」

2

一月八日の夕刻、蟹沢と相馬は、捜査専用車で、銀座へ走った。

六丁目に着いたのは、六時すぎだった。

ビル街は、もうネオンの灯《ひ》で華やかに彩られていた。艶《あで》やかに着飾った女たちの姿が目につく。縦に並んだ雑居ビルの看板にも、色とりどりの灯が点《とも》っていた。〈バー・ウララ〉とピンクの文字が浮き出している。

その前で、車を停めた。

〈ウララ〉は、雑居ビルの六階にあった。エレベーターで上がる。

蟹沢が、木製のドアを押す。つづいて、相馬が入った。

入口の近くにカウンターがあった。奥がボックス席になっている。カウンターの中で、黒の蝶《ちょう》ネクタイの男が、グラスを磨いていた。ボックス席では、白いワイシャツの男が、テーブルを拭《ふ》いている。

「開店は、七時でございます」

蝶ネクタイの男が、グラスを置いて声をかけてきた。

「客じゃないんだ」

蟹沢は、紐付きの警察手帳を見せて、

「失礼だが、バーテンさん？」

「バーテンダーもやりますが、マネージャーをしております」

蝶ネクタイの男が、言葉を返す。

色が白く、のっぺりとした顔立ちで、体つきも、ほっそりとしている。年は四十くらいか。

「お名前は？」

「酒井《さかい》と申します」

「須麻子さんという女性はいますか？」

「休んでおりますが……」

酒井が、ちょっと怪訝げな表情を見せる。

「いつから？」

「六日からです」

「無断で？」

「いえ。九日には出ると申しております」

「須麻子さんは、本名ですか？」

「はい」

「苗字は？」

「八潮《やしお》です」

「八潮須麻子さんですね」

と、蟹沢が念を押す。

「はい」

「蔵吉さんを、ご存知ですね？」

「ええ。存じあげております」

「常連客ですか？」

「ええ、そうです」

「須麻子さんと親密な関係だそうですね？」

「贔屓《ひいき》にしていただいてます」

「須麻子さんの、お年は？」

「三十と聞いております」

「住所を、おしえてもらえませんか？」

「ちょっと、お待ちください」

酒井が、カウンターを出る。フロアを横切って、〈事務所〉と記されたドアを開けた。中に入っていく。じきに出てくると、

「ここです」

そう告げて、メモ用紙を差し出した。

蟹沢が、それを手にして、目を落とす。相馬が覗きこんだ。

〈杉並区上荻《かみおぎ》二丁目《メゾンアリス》四〇四〉

と、黒い文字で記されている。

「ありがとう。お邪魔しました」

このバーを出た。

ふたたび、捜査専用車を走らせる。

新橋《しんばし》へ出て、虎《とら》ノ門《もん》を通過し、外堀《そとぼり》通りをすすむ。新宿通りに入って、ＪＲ新宿駅のわきのガードをくぐると、こんどは、青梅街道を走る。環八《かんぱち》通りと交差する四面道《しめんどう》を通り抜けて左折し、上荻二丁目に入った。徐行する。

〈メゾンアリス〉は、白いタイルの壁の八階建てマンションだった。一階が駐車場になっている。

駐車場のわきの玄関の前で、車を停める。

二人が、車を降りたとき、玄関から、ブルーの制服の警備員が出てきた。

「ここに停められると困ります」

蟹沢は、警察手帳を提示した。

「刑事さんが、何か？」

と、警備員が訊いてくる。

「四〇四号室の八潮須麻子さんに会いにきたのですがね」

と、蟹沢が告げた。

「お出かけになってます」

「出かけたのは、いつですか？」

「三時ごろ帰ってこられて、それから、じきに出かけられました」

「きょうの午後三時ごろですね?」

蟹沢が、たしかめる。

「そうです。大きなバッグを持って、お出かけになりました」

「大きなバッグをね」

と、蟹沢は念を押すように言ってから、

「ここは分譲ですか?」

「そうです。まだ新しいんです。築二年ですから」

「じゃ、見せてもらうか」

蟹沢が、先に立って、玄関に入る。

右手に警備室があった。左手の壁には、各部屋のインターホンや郵便受けが並んでいる。真正面にガラスの扉があった。

「オートロック式のマンションですから、部屋のキーがないと、玄関の扉は開きません」

「オートロック式のマンションでも警備員がいるんですか?」

「はい。マンションの管理会社から派遣されてきております」

「各部屋に在住の人たちを把握しておられるんですね?」

「ええ、だいたい……」

「八潮さんの部屋に、六十がらみの恰幅のいい男が訪ねてくるでしょう?」

「蔵吉さんのことですか?」

「ご存知なんですね?」

「ええ。蔵吉さんも、キーを持っておられます」

「すると、四〇四号室は、八潮さんと蔵吉さんの共同名義になっているんですか?」

「そこまでは存じません」

「失礼ですが、お名前と、お年を?」

「青木《あおき》利夫《としお》、四十三です」

警備員らしく、はきはきと告げて、

「蔵吉さんのお宅で、泥棒が青酸カリ入りのビールを飲んで死んだ事件の捜査ですね?」

「そうです。最近、蔵吉さんを見かけたのは、いつですか?」

「六日の朝七時ごろでした。八潮さんを迎えにこられたんだとおもいます。入られてから間もなく、いっしょに出てこられましたから」

「八潮さんは、車を持ってますか?」

「ええ。白のカローラです」

「一階の駐車場を使っているんですね？」

「そうです」

「駐車場を見せてもらえませんか？」

「どうぞ」

青木が、先に立つ。

蟹沢と相馬は、つづいて駐車場に入った。

「あれっ、ここなんですがね」

青木が、怪訝げな面持《おもも》ちになる。

車止めのコンクリートには、〈四〇四〉と黒く記されている。そこには、白のカローラではなく、ポルシェが停まっていた。シルバーで、練馬ナンバーだった。

蟹沢は、そのナンバーを手帳に書き留めてから、

「このポルシェに見覚えは？」

「いいえ」

青木が、小さく首を横に振る。

「蔵吉さんの車じゃありませんか？」

「このへんは駐車するところがないので、蔵吉さんは、いつもタクシーか、歩きのようです」

「八潮さんの車のナンバー、おしえてもらえませんか？」

「はい」

青木が、警備室へ引き返していく。もどってくると、

「品川《しながわ》ナンバーです」

そう言い、そのナンバーを告げた。

蟹沢は、それを手帳に控えて、

「このポルシェは、このままにしておいてください。蔵吉さんと八潮さんが帰ってこられたときには、わたしに連絡を」

と、めずらしく名刺を出す。

「はい、承知しました」

青木は、会釈を返した。

捜査専用車にもどる。

環八通りを南下して、五日市《いつかいち》街道を横断する。

「蔵吉は、須麻子を連れて姿をくらましたんだ。ポルシェは目立つから、目立たない

白のカローラに乗り換えてね」

蟹沢は、断定的な言葉を吐いて、先行車のテールランプを睨《にら》んだ、

「きょう帰る予定になっていても、帰ってきませんね」

ハンドルを握りながら、相馬の顔も、きびしくなる。

甲州街道へ出ると、立川方向に向かった。

3

——翌、一月九日。

相馬は、出署して刑事部屋に入ると、二課の若杉係長に電話をかけて、曾我野貴一郎の捜査の経緯と、アリバイがあったことを報告した。

「わかりました。貴一郎さんが、シロでよかった。被害者なんですからね。植木屋さんになっていたんですか」

麗子の、あかるい声が返ってきた。

「うちの係長は、いずれ、そのうち、公園でも造るんじゃないか、と言ってます」

「有望株なんですね」

「ええ。そのときには、ブランコに乗せてもらおうかって……」

「まあ。相馬さんは無邪気なんですね」

しかし、相馬は、無邪気と言われて、ちょっと気が咎《とが》めた。お嬢さんの、ブランコあそびのワイ歌を、おもい出していたのである。

——麗子さんは、まっ黒けのけ、じゃなくて、まっ白くて、清潔なパンツを穿いているんだろうな。

そうおもいながら、

「また情報をおねがいします」

「ええ。何か気づいたら知らせます。がんばってね」

と、麗子の声音が親しげになる。

「はい、がんばります」

相馬は、声をはずませた。

そして、午前九時ごろ、相馬と蟹沢は、捜査専用車を走らせて、蔵吉邸を訪ねた。裏木戸に寄せて、車を停める。

相馬が、木戸の扉越しに手を伸ばして、留め金をはずした。扉を開けて入る。植込みのあいだの敷石を踏んで、勝手口へ向かう。

ガラス戸は修理されていた。わきの柱にチャイムのボタンがあった。

蟹沢が、そのボタンを押す。

「はぁーい」

女の声がして、ガラス戸が開いた。

勝子が、顔を見せて、

「まぁ、刑事さん。玄関から、いらっしゃれば、よろしいのに……」

「勝手口のほうが気楽ですよ。それに、キッチンも見られますしね」

と、蟹沢は顔を和めて、

「お邪魔しますよ」

「どうぞ」

勝子が、上がりかまちから退《さ》がる。

靴を脱いで上がった。

蟹沢は、キッチンに目をくばってから、その目をクリーム色の大型の冷蔵庫に留めた。

相馬は、シンクの近くの床板に目を落とした。床下の収納庫には、引き起こしの取っ手が二つ付いている。

「ここでは、なんですから、こちらへ」

勝子が、スリッパを並べて請じる。

キッチンの隣りのダイニング・ルームに通された。

十五畳ほどの広さで、ベルギーの古典柄のカーペットが敷かれている。中ほどに大きなテーブルがあった。椅子が囲んでいる。

二人は、椅子に腰をおろした。

「旦那さまは、お帰りになりませんでした」

表情を暗くして、勝子が告げる。

蟹沢は、首を縦に振ってから、

「宮下さんを呼んでください」

「はい」

勝子が、出ていく。

じきに、宮下が姿を見せた。おじぎをして、椅子にかける。

「蔵吉さんのポルシェは、練馬ナンバーでしたね？」

蟹沢は問いかけながら、手帳をひろげた。

「そうです」

「ナンバーを、おぼえていますね？」

「はい」

宮下が、ナンバーを告げる。

「うむ」

蟹沢は、顎を引いた。

手帳に記されたナンバーと一致したのである。

「奥さんとお嬢さんは？」

「お嬢さまは、お出かけですが、奥さまは二階におられます。お呼びしましょうか？」

「たのみます」

宮下が、立って出ていく。じきに、佐美子といっしょにもどってきた。

「お早《は》ようございます」

佐美子が、丁寧に頭を下げる。

蟹沢と相馬も立って、おじぎをした。

「あなたも、ここにいてください」

蟹沢が、宮下に声をかける。

四人は、椅子に腰をおろした。

「ご主人のポルシェが、杉並区上荻二丁目のマンション〈メゾンアリス〉の駐車場で見つかりました」

と、蟹沢が告げる。

「主人は、そのマンションにいたのですか？」

佐美子は、蟹沢と目を合わせた。

「いいえ、車だけです」

「そこへ車を置いて、どこかへ行ったんですね？」

「ま、そういうことです」

「そのマンションに、主人と親密な女性がいるんですね？」

佐美子が、しっかりとした口調で訊いてくる。

「その女性も出かけたそうです」

「主人と、いっしょなんですね？」

「だとおもいます」

「どういう女性ですか？」

「銀座のホステスです」

「名前は？」

「須麻子さんと聞いております」

蟹沢は、そうこたえて、

「彼女が、白のカローラを持っています。マンションの駐車場に、そのカローラがなくなっていて、代わりにポルシェがありました」

「社長は、ポルシェからカローラに乗り換えられたのでしょうか？」

宮下が、口を入れた。

「そうだとおもいます」

蟹沢が、宮下を見やる。

「主人と須麻子さんの行方は、わからないのですね？」

「ええ、いまのところは」

蟹沢は、佐美子に目をもどして、

「ご主人の公判は、こんどで四回目になりますね？」

「はい」

「いつですか？」

「二月二十日です」

佐美子は、はっきりと言って、

「主人は、命をねらわれているのを知って、身を隠したものでしょう。だれが、ビールに青酸カリを入れたのか、それがわかれば帰ってくると、おもいます」

「キッチンに自由に出入りができるのは、奥さんとお嬢さん、宮下さんと勝子さんですね。ほかに、だれかいますか？」

と、蟹沢の語気が強まる。

「宅の者にしろ、縁者にしろ、主人の命をねらうなんて考えられません。勝子さんが買い物に出かけて帰ったとき、ビールは、お勝手口の外に置いてあったんですよ。泥棒だって、裏から入っております」

佐美子は、そう言い返すと、言葉つきを弱めて、

「その泥棒が、キッチンで死んでいたのでございます。気味がわるくて、キッチンに入りたくございませんし、夜は、とても入れません。主人がいないと、男は宮下だけです。こわくて眠れません。泊まりこみの警備を、おねがいするわけには、いかないでしょうか。ゲスト・ルームもございます。刑事さんに泊まっていただければ安心です。里奈も、そのように申しております。おねがいします」

「お宅の見張りは強化します。しかし、泊まりこみの警備となると、特捜本部で検討

しないことには、ここでは何とも申しあげられません」

「宅で人が殺されるなんて、こんなおそろしいことはございません。主人のことも心配で、とても心細くて、つらいおもいをしております。どうか、よろしく、おねがい申します」

佐美子は、黒のスカートの膝に白い手をそろえて、頭を下げた。

「検討して、また伺います」

蟹沢が、会釈を返して腰をあげる。

相馬も立った。

勝手口から出て、車にもどる。

「奥さんは外部説ですね」

そう言いながら、相馬が、エンジンをかける。

バス通りへ出て、立川方向へ走る。

「泊まりこんだら、何か、つかめるかもしれんな」

蟹沢は、行く手を見やりながら、言葉をついで、

「それでは、スケジュールどおり、ウマさんの、ねらい目といくかね」

「はい。やはり、首吊り自殺の、江之田和人さんのことが引っかかるんです。街金か

ら金を借りて、きびしい取り立てを受けていたんですからね。〈江之田工建〉があったのは、西新宿七丁目です。〈飛田商会〉は、北新宿一丁目で、西新宿と隣接してます。それに、〈クラヨシ〉も西新宿一丁目にあるんですよ」

「ま、地域的に見て、金銭貸借の関連性は考えられるね」

「住居は、立川市羽衣町二丁目です。奥さんは昌子さん、五十歳、娘は朋子さん、二十二歳。残された家族は、このふたり。〈江之田工建〉の負債額は約十五億円、江之田さんの生命保険金の総額は約三億八千万円です」

「ほう。よくおぼえているねえ。ウマさん、頭がいいよ。いつも春風駘蕩《しゅんぷうたいとう》で、ボウーとして見えるがね」

「わたしの頭なんか、帽子をかぶるためにあるようなもんです」

バス通りを国立市から立川市に入った。羽衣町交番で、江之田家の在処《ありか》を訊く。バス通りをそれて住宅街に入った。

車を停める。

角地で、コンクリートの塀が、L字形に通りに面していた。赤い屋根に白い壁の洋風の二階屋だった。金属製の門の扉が閉まっている。石の門柱に表札をはずした跡があった。長方形の、くぼみを見せている。その下にインターホンがあった。

そのボタンを押す。

「どなたですか？」

と、女の声が訊いてくる。

「江之田さんですね？」

「はい」

「警視庁北多摩署の蟹沢と申します」

「お待ちください」

じきに、扉が自動的に左右に開いた。

門から玄関まで、車が三、四台置けるほどの広さがあった。右手は植込みで、左手は芝生の庭が広がっている。

玄関のドアが細めに開いて、女が顔を覗かせる。警戒ぎみの眼差しを二人にそそいだ。

蟹沢が、紐付きの警察手帳を見せる。

女が、請じた。

応接室に通される。

十二畳ほどの広さだが、テーブルセットがあるだけで、がらんとしている。

「おかけください」

二人は、ソファーに腰をおろした。

女が、向かい合ってすわる。

頭髪の生え際に、わずかに白髪を見せていた。鼻すじが通って、顔立ちは整っているが、首は細く、キャメル色のセーターの肩も薄かった。五十という年より老けて見える。

「奥さんの昌子さんですね？」

蟹沢が、たしかめる。

「はい」

昌子は、小さく返事をした。

「たいへんでしたねえ。すこしは落ちつかれましたか？」

蟹沢の声音が、やさしくなる。

「お嬢さんと、おふたりですね？」

と、相馬も声をかけた。

「ええ」

昌子は、相馬に目を移して、

「お手伝いさんもいなくなって、朋子と、ふたりきりです。ふたりだと、この家は広すぎます。競売にもなりますので、来月中には、立ち退くことになっております」

「いまも、債権者は来ますか？」

相馬が、質問する。

「ええ、たまに来ます。主人の生命保険金が目当てでしょうが、正月をはさんでおりますので、ほとんど、まだ下りておりません。審査も、きびしくなっていますしね」

昌子の口調が、しだいに、しっかりとしてくる。

「ご主人は、街の金融業者からも借りておられたそうですね？」

つづけて、相馬が問いかける。

「はい。銀行やノンバンクから借りられなくなって、街金から高利の金を借りました。乗り切れるとおもって、無理をしたのでございます。ところが、結局、それが命取りになってしまいました」

昌子は、「街金」という通称を知っていた。

「その街金の名前、おぼえておられますか？」

「取り立てにこられて、こわい目に遭《あ》ったことはございますが……」

「北新宿の〈飛田商会〉という業者を、ご存知ですか？」

「いいえ、存じません」

「片仮名で〈クラヨシ〉という会社は？」

「おぼえております。社長の家が、近くの国立にあるのを知って、びっくりしました。泥棒が青酸カリ入りのビールを飲んで死んだのだそうですね。あの事件を調べておられるんですか？」

「ええ、捜査中です。ところで、ご主人は、〈クラヨシ〉から、いくら借りておられたんですか？」

相馬が、質問をつづける。

「二千五百万円です。こわい目に遭ったのは、〈クラヨシ〉のことなのです。おそろしく凄《すご》みのある男がふたり、押しかけてきましてね。手ぶらでは帰れないと、すわりこんだのでございます。何度も押しかけてきました。主人は、ヤクザだと申しておりました。そのつど、いくらか渡していたようでございます。主人は、家庭にまで、ヤクザを送りこむなんて、やり方が汚ないと、主人は怒っておりました」

「そのふたりのヤクザの名前、おぼえておられますか？」

「最初のとき、名刺を出して、〈クラヨシ〉の委任状を見せました。名刺は取ってあるはずです。お待ちください」

昌子が、そう言い置いて出ていく。三分ほどで、もどってくると、一枚の名刺を相馬に差し出した。

相馬は、手にして、目を落とした。

蟹沢が、首をまわして覗きこむ。

〈金渕《かねぶち》商事、児玉満《こだまみつる》、新宿区歌舞伎町二丁目、セブンビル〉

こう記されていて、電話とファックスの番号が記入されている。

その名前の下のすみに、〈早川《はやかわ》〉とエンピツで書かれていた。

「この児玉満と早川という男が、〈クラヨシ〉の委任状を持って押しかけてきたんですね？」

念を押すように、相馬が問う。

「はい」

「ふたりの年は？」

「児玉は四十くらいで、早川は三十五、六でしょうか」

「最初にやってきたのは、いつですか？」

「去年の十一月のはじめでした。主人が帰ってきていなかったので、待たせてもらうと、玄関にすわりこみました」

「ご主人が亡くなられてからも来ましたか？」

「いいえ」

「よくわかりました」

　と、相馬が頭を下げる。

「どうも、お邪魔しました」

　会釈をして、蟹沢が腰をあげた。

　捜査専用車にもどる。

「ヤクザなら犯歴があるはずです。前歴照会します」

　相馬は、そう言うなり、児玉満、年齢約四十歳の前歴を車の無線電話で照会した。

　結果は、じきに判明した。

「児玉満、四十一歳には、殺人と傷害の前科があり、大友《おおとも》連合、金渕組の幹部であります」

　車のスピーカーが告げる。

「ウマさん、やったね。これで、〈クラヨシ〉と暴力団組織との繋がりがわかった」

　蟹沢の声が、あかるくなった。

「新宿柏木署へ走ります」

と、相馬が張りきる。

4

相馬と蟹沢は、新宿柏木署の刑事部屋に入った。北多摩署の倍くらいの広さだが、席にいるのは数人で、がらんとしている。捜査に出かけているのだろう、強行犯係の北中係長も席にいなかった。

「やあ」

にこっと笑顔を見せて、席を立ってきたのは、暴力団捜査係の市川《いちかわ》巡査部長だった。

相馬と市川は、警視庁警察学校の同期である。卒業配置も、おなじ南神田署の警邏《けいら》課で、神田駅前の派出所に勤務したのだった。相馬は、まだ巡査のままで平刑事だが、市川は、巡査部長の昇任試験を一度で合格している。そしていまは、マル暴担当のデカ長であった。

額が広く、目鼻立ちが整っていて、頭のよさそうな顔をしている。もちろん、顔の長さも、相馬より短いし、身だしなみも、相馬よりよくて、白いワイシャツにブルー系のネクタイを締めて、ブルーグレーのスーツを着ている。相馬を介して、蟹沢とも親しかった。

「しばらくです」

蟹沢にも、笑顔で会釈をして、

「こちらへ」

と、窓辺のテーブルセットに請じた。

「大友連合、金渕組のことが知りたくてやってきたんだ」

椅子にかけるなり、相馬が告げた。

「ちょっと待ってくれ」

市川が、この刑事部屋を出ていく。じきに、捜査資料のファイルブックを持ってもどってきた。腰をおろすと、それを広げて、

「大友連合は、広域組織暴力団で、一都六県に縄張りを持ち、傘下《さんか》に八団体をかかえている。金渕組は、その傘下の単位団体で、主に新宿・歌舞伎町界隈に縄張りを持っている。組事務所も、歌舞伎町二丁目にある。構成員は約十名だ」

「組員は、たったの十名か」

と、相馬が口を出す。

「元は二十名ほどいたが、いまは半分になっている。ちかごろは、どこも組員が減ってるからね」

「それにしても、小さな組だな」

「ああ。バックが大友連合だから、何とかやっているものの、金渕組は落ち目の三度笠だね」

「金がないということかね？」

と、蟹沢が口を入れた。

「そうです」

市川は、蟹沢に目を向けて、

「組長は、金渕勝治《かつはる》、六十歳。殺人、恐喝、凶器準備集合、常習賭博《とばく》の前科があって、全身に菊散らしの刺青《いれずみ》をしております」

「昔気質《むかしかたぎ》のヤクザだね」

「ええ。博打《ばくち》の好きな武闘派です。全身の刺青は、体にわるいんですね。それに、大酒飲んで肝臓をこわし、病院に出たり入ったりしているそうです」

「ヤクザは、不摂生《ふせっせい》だからねえ」

「山登りや、ジョギングをする健康的なヤクザはいませんね」

真顔で、相馬が言った。

「まあ、せいぜい、ゴルフくらいだね」

市川が、相馬に目をもどす。

「児玉満という男は？」

「年は四十一。幹部で、殺人と傷害の前科持ちだ。背中に不動明王《ふどうみょうおう》、腕に唐獅子《からじし》と牡丹《ぼたん》の刺青がある。こいつも武闘派で知能犯じゃない。金渕組には、金儲《かねもう》けのうまい経済ヤクザがいないんだ」

「早川という男は？」

つづけて、相馬が問いかける。

「早川重光《しげみつ》、三十五歳。恐喝と傷害、暴力行為の前科持ちだ。ま、並みの組員だね」

「金渕組は、知能犯より粗暴犯が多くて、組資金が不足しているということだね」

相馬は、語気を強めた。

「うん。組長の金渕は、借金で首がまわらないそうだ」

市川は、そうこたえて、

「金渕組が、ウマさんの捜査に、どうからんでいるんだ？」

「蔵吉を知ってるだろ？」

「ああ。西新宿にある〈クラヨシ〉の社長で、詐欺《さぎ》の被告になっている男だろう」

「そうそう」

「蔵吉邸に侵入した泥棒が、青酸カリ入りのビールを飲んで死んだそうじゃないか」

「それそれ、それも捜査中なんだ」

「ウマさんも気をつけろよ。一気飲みや、ガブ飲みは、よしたほうがいい。飲む前に、まず臭《にお》いを嗅《か》いで、ちょっと舐《な》めてみて……」

「ああ、そうするよ。チビリチビリとね」

と、相馬は苦笑をもらして、

「ところで、児玉と早川の体格は？」

「児玉は、身長一六八センチ、体重約七〇キロ。早川は、一六五センチで、約六〇キロだ」

「ふたりとも大きくないな」

「図体の、でかいヤツが、からんでいるのか？」

「うん。〈飛田商会〉の飛田を絞殺し、そのホトケを運び出した二人組の一人が、目撃者の供述から、大男と、わかっている」

「児玉や早川には、殺人《コロシ》をたのまないんじゃないか。脳味噌《のうみそ》は、ノミ並みなんだからね。完全犯罪をねらっても、計画どおりには、やれないだろうし、大金が入ったら派手に使って、すぐに、バレるだろうしね。借金の取り立てだって、むずかしいとおもうよ。下手すりゃ、恐喝になるんだからな」

「しかし、これで、〈クラヨシ〉と金渕組の繋がりは、わかったわけだ」

と、相馬が合点した顔になる。

「ほかにも、〈クラヨシ〉と繋がっている組があるかもしれないね」

と、蟹沢が言った。

「調べてみます」

市川は、蟹沢に目を移した。

「経済ヤクザで、ありあまるほどの資金を持っていて、地下金脈を牛耳《ぎゅうじ》っているような組はないかね？」

「それも調べます」

市川は、そう言って、ファイルブックを差し出すと、

「ごらんになりますか？」

「ああ、見ておくか」

蟹沢が、それを手にして、ページを繰る。

大友連合、金渕組の、それぞれの組員の名前や生年月日、生地、前歴、体格や特徴などが記されていて、顔写真が貼りつけられているのである。生年月日から年齢も読める。

児玉は、額が狭く、眉毛が薄くて、細い目をしている。団子鼻で唇《くちびる》が厚かった。狂暴な感じがする。

早川は、黒目が小さく三白眼《さんぱくがん》で、顎が細くて貧相だった。

蟹沢は、そのファイルブックを相馬に渡した。

相馬も、目を通す。

それから間もなく、この署を出た。

捜査専用車で、西新宿一丁目へ走る。

〈クラヨシ〉は、白い壁の七階建てのビルだった。まわりは、大きなビルや高いビルが多いから、小さく見える。

車を出て、玄関から一階のフロアに入る。

受付カウンターで、女性社員二人が、こちらに顔を向けていた。

歩み寄って、蟹沢が、警察手帳を提示し、名乗って、

「専務の朝長さんに、お目にかかりたい」

と、告げる。

女性社員が、受話器を取る。二言三言話して、受話器を置くと、カウンターを出て、

「どうぞ、こちらへ」

と、先に立つ。

通されたのは、応接室だった。

「しばらく、お待ちください」

そう言い置いて出ていく。

蟹沢と相馬は、黒い革張りのソファーに腰をおろした。

じきに、ドアが開いて、朝長雅樹が姿を見せた。

年は五十二。元秘書室長で、蔵吉の右腕とも知恵袋とも言われている男である。面長で鼻が高く、端整な容貌だった。小柄で、ほっそりとしていて、一見、優男《やさおとこ》に見える。だが、目に光と精気があった。白いワイシャツに、エンジに小紋のネクタイを締めて、濃紺のスーツを着ている。

「朝長でございます」

と、丁寧《ていねい》に腰を折る。

「お忙しいところ、恐縮です」

蟹沢が立って、挨拶をした。

相馬も腰をあげて、おじぎをする。

「ま、どうぞ」

二人は、また、ソファーに腰をおろした。

向かい合って、朝長もすわる。

「蔵吉さんから、連絡がありましたか？」

蟹沢は、例の調子で、おだやかに問いかける。

「いいえ、ございません」

朝長が、表情を翳らせた。

相馬は、その朝長の表情を見つめている。

「八潮須麻子さんを、ご存知ですね？」

「ええ。社長の供で、銀座の〈ウララ〉に行っておりますので」

「須麻子さんのマンションも、ご存知ですね？」

「ええ。杉並区上荻の〈メゾンアリス〉と聞いております」

朝長の言葉つきは落ちついている。翳りを見せているものの表情も変わらない。

「あのマンションは、蔵吉さんが買われて、須麻子さんと共同名義になっているんですね？」

「そのように社長から聞いております」

「あのマンションの駐車場から、蔵吉さんのポルシェが見つかりました」

「そのことなら、電話で、奥さまから伺いました」

「須麻子さんの白のカローラの代わりに、ポルシェが停まっていました。蔵吉さんは、ポルシェからカローラに乗り換えて、須麻子さんといっしょに、いずこかへ行かれたものと考えられます。どこへ行かれたか、心当たりはありませんか？」

「心当たりを当たってみましたが、社長の行方がつかめなくて、心を痛めております」

「ところで、石橋鉄雄さんを、ご存知ですか？」

蟹沢が、質問をつづける。

「ええ、存じてます。社長が親しくしておりました」

「蔵吉さんは、四十億円と五十億円の二枚の手形で、〈美浜建設〉の美浜さんから持ち株を買っておられますね？」

「ええ」

「その際、あなたは相談を受けましたか？」

「いいえ。社長は、いつも独断専行ですから、事後報告を受けただけです」

「九十億円もの株券を、蔵吉さんは、一ヵ月の期限の約束で、石橋さんに貸しています。そのことも、ご存知ですね？」

「ええ。それも、事後報告で社長から聞いております」

「ところが、石橋さんは、その株券を返済しないで失踪《しっそう》し、いまだに行方が知れません。蔵吉さんも失踪したんじゃありませんか？」

「わたしには、何とも申しあげられません」

「横塚英二さんを、ご存知ですか？」

「存じません」

「蔵吉さんが、石橋さんに貸した九十億円の株券を入手した金融ブローカーですよ」

「そのことなら、警察で聞きました。それまで、横塚さんの名前を聞いたことはございません」

「飛田芳夫という名前に聞き覚えはありませんか？」

「その方の名前も、警察で、はじめて耳にしました。〈美浜建設〉株の売り主と聞いております」

「その後、飛田さんが、どうなったか、ご存知ですか？」

「ええ。首吊り偽装殺人事件は、マスコミの報道で知りました」

「石橋さんは失踪したままです。殺害された可能性もあります。横塚さんは交通事故で死亡しております。飛田さんも絞殺された。そして、蔵吉さんも、ねらわれて、晩酌のビールに青酸カリを入れられた。あなたは、蔵吉邸のキッチンに入ったことがありますか？」

「ええ、ございます。正月の三日に、社長宅に伺いました。ほかに来客もあって盛りあがっておりました。わたしは、ウイスキーの水割りを飲んでいましたが、水がなくなったので、キッチンに入り、冷蔵庫から、ミネラル・ウォーターを取り出して座敷にもどりました。お手伝いさんが忙しそうだったので、自分で立っていったのです」

「そのとき、蔵吉さんは、ビールでしたか？」

「いいえ。正月のせいもあり、到来物だと言って、めずらしくブランデーを飲んでおりました」

「盛りあがっていたのは、来客が多かったということですね？」

「うちの社の者は、わたしと陣野、西森の三人でしたが、ボートや釣り、ゴルフ仲間の方が何人もおられました」

「陣野さんは役員で総務部長、西森さんは常務ですね？」

「おふたりは、キッチンに入りましたか？」

「いいえ。わたしは、前の奥さまのころから、しょっちゅう社長宅へ出入りしておりますので、勝手にキッチンに入りますが、陣野や西森は、そうではございません」

「蔵吉さんの、ボートや釣り、ゴルフ仲間は何人でした？」

「七、八人だったとおもいます」

「その中で、キッチンに入った方はいますか？」

「わたしには、わかりません」

朝長は、そう言葉を返し、二呼吸ほど間《ま》を置いてから、

「青酸カリを入手するのは、むずかしいとおもいます。鋼《はがね》の焼き入れや金属冶金《やきん》、電気メッキ、殺虫剤などに使われてますが、危険ですから、入手するだけでも容易じゃありません。ちょっと立っていって、冷蔵庫の中のビールに青酸カリを入れるなんて考えられません。その間、だれがキッチンへ入ってくるか、予測がつかないわけですから」

「ご指摘のとおりです」

と、蟹沢は感じ入った声を出して、

「ええ」

「ところで、お宅の社では、債権の取り立てに暴力団を使っておられますね？」

「わたしは存じません。陣野に訊いてください。陣野と交替しましょうか？」

「おねがいします」

「それでは、わたしは、これで」

朝長が腰をあげ、会釈をして出ていく。

間もなく、陣野武司、四十七歳が姿を見せた。

身長一八〇センチの相馬より、五センチほど背が低くて、茶系のダブルのスーツの腹のあたりが、太めだった。頭髪を七、三に分けて、きれいに撫でつけている。二重まぶたの目が大きかった。鼻が高くて、薄めの唇が、きりっと締まっている。恰幅が、いいせいもあって、存在感があった。血色がよくて脂ぎっている。

「陣野です」

声にも張りがあった。

蟹沢が、あらためて名乗り、相馬を紹介する。

テーブルをはさんで腰をおろした。

「蔵吉さんから何の連絡もないそうですね？」

気さくな調子で、蟹沢が口を切る。

「一時、身を隠したのだとは、おもいますが、心配しております」

陣野の物腰は落ちついているし、どっしりとした感じがする。

「貸し金の焦げ付きは多いですか？」

「ちかごろ多くなりました」

「取り立てにヤクザを使っていますね？」

「ええ。最終の段階では、どうしても、そういうことになります」

「どこの組ですか？」

蟹沢が、たしかめる。

「金渕組です」

「ほかの組も使いますか？」

「いいえ」

「いつから、どういう付き合いですか？」

「バブルのころからです。地上げに金渕組を使ったのが縁で、いまも、つづいております」

「最初に使ったのは、あなたですか？」

「いいえ、社長です。金渕組長とゴルフ場で知り合い、それからの付き合いだそうです」

「児玉を、ご存知ですね？」

「ええ」

「早川は？」

「存じております」

「債権の取り立ては、あなたが、金渕組長に依頼するんですか？」

「組長は肝臓をこわして、入退院を繰り返しておられるので、直接、児玉にたのむことが多くなりました」

「たのむのは、債権の取り立てだけですか？」

「不動産部門もありますので、立ち退きの交渉を依頼することもあります」

「児玉や早川で、うまくやれますか？」

「まあまあ、なんとか……」

陣野が、はじめて言葉を濁した。

「ほかの組も使っているんじゃありませんか？」

蟹沢が、もう一度訊く。

「いいえ、金渕組だけです」

陣野が、きっぱりと言う。

相馬は、だまって、陣野に視線を当てている。

「組員は半分に減って、たった十人。そんな落ち目の組を使っているんですか？」

蟹沢が、突っこんで訊いた。

「社長の指示で、金渕組に依頼しております。わたしの一存で、やっているわけではありません」

動ずる気配を微塵《みじん》も見せずに、陣野が言い返す。

この日、午後六時から、捜査会議がはじまった。

「まず、ウマさんの報告を聞いてください」

と、蟹沢が口を切る。

銀座六丁目のバー〈ウララ〉のホステス、八潮須麻子が、蔵吉の愛人と判明したこと、そして、須麻子のマンション、杉並区上荻二丁目の〈メゾンアリス〉の駐車場には、須麻子のカローラと蔵吉のポルシェが、入れ替わって停まっていたこと、首吊り自殺をした江之田和人の妻、昌子の供述から、〈クラヨシ〉と大友連合、金渕組が繋がっているのが、わかったことなどを、相馬は報告した。

「ウマさんが、江之田家に、ねらいをつけたことは、わかる。いいカンだとおもう。しかし、蔵吉の愛人、八潮須麻子が、〈ウララ〉のホステスをしていることが、どうして、わかったんだね？」

聞きおわると、久我が疑問を投げかけた。

「あのう。……あちこち駆けまわって、いろいろ情報をあつめているうちに、蔵吉が、〈ウララ〉に通っていることを突き止めたのです」

大二郎から聞いたと言えないから、相馬の歯切れが、わるくなる。

「こう言っちゃ、なんだが、食い気と飲み気ばかりで、あまり女性に縁のないウマさんが、銀座の高級バーのホステスを突き止めるなんて、どうも納得しかねるんだがね」

皮肉たっぷりに、久我が言って、

「蔵吉邸の泥棒の件のことも、真夜中に、ウマさんの友だちが、蔵吉邸の裏を歩いていたんだからね。どういう友だちか知らないが、話が、うまくできすぎてやしないかね」

「それは、……あの、その……」

根が正直だから、言葉に詰まる。

「まあまあ、今回の事件については、ウマさんが、一馬身ほど先を走っていることは、たしかですから」

と、蟹沢が助け船を出した。

「なるほど、一馬身か。いまのところは、ウマくんが本命だね」

と、中藤が顔を和めた。

久我が、しぶい顔になる。

「須麻子は、三十歳だったね？」

黒田が、蟹沢に目を向けた。

「そうです。多少サバを読んでいるかもしれませんがね」

「蔵吉は六十三歳。まあ、三十の年の差があるわけだ。マンションを買ってもらったり、ゴルフの供をしたり、言うなれば、旦那と愛人の関係だ。三十代なら女盛り。蔵吉ひとりでは満足できないんじゃないか。若い男、つまり、ヒモがいる可能性が濃厚だね」

「ええ。須麻子の身辺捜査が必要です」

蟹沢は、黒田に言葉を返した。

「怨恨は女性がらみも多いからね」

と、中藤が言う。

「同僚のホステスの口を開かせるには、やはり、若くて男っぷりのいい刑事のほうが有利だろうね。森チャンとか、カモさんとか……」

と、佐藤が口を出した。

「うちの係にも、若くて男っぷりのいいのがいるよ」

そう言って、黒田が笑顔を見せる。

「わたしでは、だめでしょうか？」

相馬は、長い顔を佐藤に向けた。

「いや、その、ウマさんは、いい男だよ。男っぷりが、わるいなんて言ってない」

佐藤が、あわてる。

「そうそう。男の善《よ》し悪《あ》しは、見てくれで決まるわけじゃないんだからね」

めずらしく、久我が、なぐさめるように言う。

「気を遣《つか》っていただいて、ありがとうございます」

相馬は、久我におじぎをした。

「はっははは……」

と、中藤が笑い出す。

「蔵吉邸に泊まりこみの警備の件ですが、どうしますか？」

蟹沢は、中藤に顔を向けた。

すでに報告しているのである。

「家庭に泊まりこんでの警備は例がないんだがね」

中藤が、真顔になる。

「何か、つかめるかもしれません」

と、蟹沢は語気を強めた。

「しかし、奥さんは美人だし、若い娘さんもいることだしね」

佐藤が、案じ顔になる。

「まちがいは、ないとおもうが、万が一ということもあるからね。妻帯者のほうが無難じゃないか」

と、黒田が言った。

「妻帯者だと、不倫になって、かえって、まずいとおもいますよ」

案じ顔のまま、佐藤が言う。

「ウマさんなら、適任じゃないか」

と、久我の声が大きくなった。

「やはり、わたしは、女性に縁がないということですか？」

相馬は、久我に首をまわした。

「いやいや、そんなことはない。ウマさんは、二課の若杉係長から電話をもらっているんだからね」

と、佐藤の声も大きくなる。

みんなの目が、相馬に集中する。

「へーえ、あの若杉係長から……」

鴨田が、頓狂《とんきょう》な声を出した。

「電話で情報をもらっただけです」

と、相馬が赤くなる。

「わたしも、ウマくんが適任だとおもう」

と、中藤が言った。つづけて、

「あしたから三日間、テスト的に、ウマくんに泊まってもらうことにする」

「はい、わかりました」

相馬は、中藤に目を移した。

捜査色模様

1

相馬は、蔵吉邸の裏木戸に寄せて、マイ・カーを停めた。

一月十日の午後八時前である。

洗面道具や着替えなどの入ったバッグを持って、車を降りる。ネイビーのジャケットの内ポケットには、携帯電話を入れていた。

夜気が冷たい。

木戸に歩み寄ると、扉越しに手を伸ばして、留め金をはずした。扉を開けて入る。閉めて、留め金を元にもどした。植込みのあいだの敷石を踏んで、勝手口に向かう。ガラス戸と格子窓から明かりがもれていた。

チャイムのボタンを押す。

「はぁーい」

勝子の声が聞こえて、ガラス戸が開いた。

今夜八時から、相馬が泊まりこみの警備をすることは知らせてあるのだ。こうして勝手口から入ることも電話しているのである。

勝子は、夕食の後片付けの洗い物をしていたらしく、前掛けで手を拭きながら、

「わざわざ、おいでいただきまして。お上がりくださいませ」

と、頭を下げて請じた。

靴を脱いで、スリッパを履《は》く。

「こちらへ、どうぞ」

キッチンの隣りのダイニング・ルームへ通された。

「ただいま、奥さまとお嬢さま、宮下さんが、挨拶《あいさつ》にまいります」

そう言い置いて、勝子が出ていく。

相馬は、大きなテーブルを前にして、椅子《いす》に腰をおろした。隣りの椅子にバッグを置く。

間もなく、佐美子が姿を見せた。

スモークブラウンのロング丈のワンピースだった。胸の隆起や腰の張りの曲線を、あらわにしている。セミロングの髪を中ほどで左右に分けていた。化粧は薄めで、唇《くちびる》にワインレッドの紅をさしている。

「いらっしゃいまし」

と、丁寧《ていねい》に腰を折る。

「いや、どうも」

相馬は、あわてて立って、おじぎをした。

「お楽に、どうぞ」

相馬が、腰をおろす。

佐美子も、椅子にかけて、

「犯人の目星は、つきましたか？」

「いいえ、まだです」

「でも、相馬さんに泊まっていただければ、気強くて、枕を高くして眠れます。……お夕食は？」

「食べてきました」

「遠慮なさらないで、ご用のあるときには、勝子さんに声をかけてくださいね」

「はい」

「それでは、よろしく」

佐美子が会釈をし、立って出ていく。

入れちがいに、里奈が姿を見せた。

今宵《こよい》は、化粧をしている。アイカラーはブルーで、口紅はサーモンピンクだった。艶っぽく、華やいで見える。ピンクのセーターに膝《ひざ》上丈の白のスカートを穿《は》いていた。

「こんばんわぁ」

にこっと笑いかけてくる。

「お邪魔してます」

相馬は、まぶしそうに里奈を見た。

「お邪魔だなんて。警備にきていただいたのに……」

里奈が、そう言いながら、向かい合ってすわる。

「ビールに青酸カリを入れたのは、父をねらったんですね？」

単刀直入に訊《き》いてくる。

「そうだとおもいます」

「命をねらわれているのを知って、行方《ゆくえ》をくらましたんだとおもいます。警察は、父の消息をつかんでいるのですか？」

「いいえ。杉並区上荻二丁目の〈メゾンアリス〉というマンションの駐車場で、お父さんは、ポルシェから白のカローラに乗り換えておられます。そこまで、わかっているだけです」

「そのマンションに、須麻子さんという父の愛人がいて、カローラは、彼女の車なんですね？」

「よくご存知ですね」

「佐美子さんから聞きました」

里奈の口ぶりから、佐美子を継母とも認めていないことが読みとれる。

「須麻子さんは、銀座のホステスだそうですね？」

「ええ」

「バーですか？」

「ええ」

「なんというバーですか？」

「〈ウララ〉です」

「須麻子さんは、〈ウララ〉を休んでいるんでしょう？」

「ええ。六日から店に出ていないそうです」

「父は、須麻子さんといっしょなんですね？」

「だとおもいます」

「須麻子さんは、いくつですか？」

「三十と聞いてます」

「わたしより二つ上なのね」

「そうですね」

「相馬さん、お年は？」

「三十二です」

「独身ですよね？」

「ええ」

相馬は、おもわず苦笑をもらして、

「泥棒が死んでから、何か変わったことはありませんか？」

「キッチンが、なんとなく薄気味わるくなりました。それに、父がいないと淋しくて、家の中を隙間《すきま》風《かぜ》が吹き抜けていく感じです」

里奈は、おもったことを、はきはきと言う。

「でも、相馬さんに泊まっていただくと、安心です。大きくて、頑丈《がんじょう》で強そうですものね」

「ま、頑丈で馬鹿力だけが取柄です」

「たよりにしてます。おやすみなさい」

里奈が、また、にこっと笑いかけて背中を見せる。

宮下が入ってきた。

「ご面倒をおかけします」

と、丁寧に頭を下げる。

「いや、どうも」

相馬は、会釈を返した。

「男は、わたし、ひとりですから、おちおち眠れなくて睡眠不足でしたが、相馬さんのおかげで、今夜は、ぐっすり眠れそうです」

宮下が、ほっとした気配を見せて、顔を和める。

「わたしにまかせて、よく寝てください」

「よろしく、おねがいします」

おじぎをして、出ていく。

勝子が、入ってきた。

「なんでも、遠慮なさらずに、おっしゃってくださいね」

「ええ。朝は何時ですか？」

「わたしは、六時に起きます」

「それじゃ、わたしは、六時半ごろだな」

相馬は腰をあげた。バッグを持つ。

「こちらへ、どうぞ」

勝子が、先に立つ。廊下へ出ると、足を止め、奥のほうを手で指して、

「納戸の先の襖《ふすま》のところが、わたしの部屋です。ご用のときには起こしてくださいませ」

そう告げると、玄関の方向へ歩いた。階段の上がり口を通り越して、

「こちらです」

右手の木製のドアを開ける。

ゲスト・ルームは、シティー・ホテルのツインルームと、ほとんど、おなじ造りだった。

入口の近くに、クローゼットがあった。その先が、洗面所とトイレ、バスルームになっている。奥が十五畳ほどの広さで、シングル・ベッドが二つ並んでいた。ベッドの枕元には、ナイトテーブルが置かれている。シングル・ベッドが二つ並んでいた。ベッド

椅子があった。壁には、大きなミラーが嵌めこまれている。裾《すそ》の壁際には、ドレッサー・デスクとドの上には、テレビが載っていた。カーテンの下りた窓辺に、テーブルセットがあった。テーブルの上には、ポットや急須《きゅうす》、茶碗《ちゃわん》などが並んでいる。

「広く、ゆったりとしていて、いい部屋ですね」

相馬は、おもわず頬をゆるめた。

「わたしは、十時ごろまで起きております」

と、勝子が告げる。

「廊下やキッチンの明かりは、どうなりますか？」

「いくらか暗くしますが、点《つ》けてございます」

「何か変わったことがありましたら、すぐに知らせてください。ドアのカギは開けておきます」

「はい。おねがい申します」

勝子が、おじぎをして出ていく。

　暖房も、ほどよく効いている。

　窓辺へ歩いて、カーテンを細めに開けた。芝生の広がりが、ほのかに明るく浮かびあがっている。その向こうの築山《つきやま》が、黒く、こんもりと盛りあがっていた。

　カーテンを閉めて、テーブルセットに腰をおろした。ジャケットの内ポケットから携帯電話を取り出して、刑事部屋を呼び出す。宿直の蟹沢が出た。

　蔵吉邸に入ってからの状況を報告する。

「わかった。いまのところ、異状なしか」

「青酸ビール事件で、泥棒も敬遠するでしょう」

「鼾をかきながら、目を光らせるかね」

　蟹沢の声が笑いをふくむ。

「そんな器用な真似《まね》はできません」

「ま、たのむ」

「はい」

　電話を切る。

　テレビのスイッチを入れた。音を小さめにして、画面に目をそそぐ。警察ドラマをやっていた。テレビの刑事は、本物の刑事より、さらに刑事らしく格好がよかった。

やたらに拳銃《けんじゅう》をぶっ放す。犯人も負けずに撃ち返した。はなばなしく銃撃戦が展開する。弾倉を替えたり、弾丸を詰めるシーンがない。それなのに、パン、パン、パンと景気よく撃ちつづけている。

——装弾数は、いったい何発なのか？

わけがわからなくなって、チャンネルを換えた。バラエティー・ショーをやっていた。若いタレントたちが、おたがいに、ふざけ合い、自分たちで、おもしろがって、やたらに笑い合っている。視聴者の相馬は、ぜんぜん、おもしろくも、おかしくもなかった。スイッチを切る。

午後十時をまわったころ、この部屋を出た。廊下には薄明かりが点いている。静かだった。物音は聞こえない。ダイニング・ルームとキッチンのドアが閉まっていた。キッチンのドアを開けて入る。ここにも薄明かりがあった。きちんと片付いている。勝手口のガラス戸も閉まって、カギがかかっていた。冷蔵庫を開ける。扉のボトルポケットには、ジュースやウーロン茶などが入っているが、ビールはなかった。

キッチンを出て、部屋にもどる。

相馬は、パジャマを着ない。白のTシャツとブルーのトランクスだけになって、ベッドに入った。照明を落として点けたままにしておく。すわってでも眠れる男だから、寝つきがいい。すぐに寝ついたものの、警備という意識が脳裏にあるから眠りは浅かった。

ドアの開く小さな音で、目が覚めた。刑事の感覚は、するどい。室内の空気の動きが、わかる。脂粉《しふん》の香《か》が、ほのかに漂ってきた。衣《きぬ》ずれの音が近づいてくる。

相馬は、ゆっくりと上体を起こした。

ベッドのわきに立ったのは、里奈だった。

ゆるやかにウエーブのかかった髪を、白いガウンの肩に垂らしていた。頰を赤く上気させている。サーモンピンクの紅をさした唇が濡れているようだった。艶っぽく目を光らせて、相馬を見つめる。

「だめです。いけません。帰りなさい」

語気を強めながらも、声を低める。

「わたしに恥をかかせるの？」

里奈も、声を低めて、

「お嫌いなの、わたしが？」

「そうじゃありません」

「なら、いいでしょ？」

そう言いざま、里奈が、白いガウンを脱いだ。

スケスケで、レースの飾りの付いたブルーのネグリジェだけだった。白い肌が、みずみずしく息づいているのが、わかる。小型のメロンを半分に切って胸に張りつけたような形のいい乳房が透けて見える。ウエストが締まって、腰が丸く盛りあがっている。太股《ふともも》にも張りがあった。そして、お嬢さんのブランコ遊びではないけれど、まっ黒けのけ、とわかった。

「ぜったいに、だめです。警備という役目があります」

「いや」

里奈の声が、か細くなる。

「だめです。もどりなさい」

相馬は、いっそう語気を強めた。

——警備に泊まって、若い女性と寝たら、刑事の沽券《こけん》にかかわる。それこそ股間《こかん》にかかわる。

自分で自分に、そう言い聞かせる。

「あなたは、きれいだ。わたしだって我慢してるんです。あなたも、我慢して帰りなさい」

その言葉どおり、相馬は我慢していたのだ。

股間は大きく馬並みに膨張し、堅くなって、そそり立ち、トランクスが破れるほどに突っ張って、テントを張り、先が、こすれて、痛みすら感じていたのである。

「はずかしい」

里奈が、絶え入りそうな声を出す。

「そんなことはない。くやしいけど、わたしは刑事だ。したくたってできないんです。かんべんしてください」

相馬は、頭を下げた。

里奈が、小腰をかがめて、ガウンを取る。袖《そで》を通して、前を合わせた。だまって、背中を見せる。

里奈が出ていったあと、相馬は、もてあました。

それでも、また眠りにつく。

腕時計の目覚ましで、六時に目を覚ました。

身支度し、バッグを持って、このゲスト・ルームを出る。キッチンに入った。

エプロンを着けた勝子の姿があった。

「お早いんですね」

と、声をかけてくる。

「これで帰ります。今夜八時に、また来ます」

「何か召しあがってください。トーストや目玉焼きなら、すぐできますから」

勝子が、すすめる。

「いや、おかまいなく。それじゃ、これで」

相馬は、勝手口から出た。

「ご苦労さまでした」

勝子の声を背中で受けながら、裏木戸に向かう。

2

一月十一日も、相馬は、蔵吉邸の裏木戸に寄せて、マイ・カーを停めた。

ちょうど午後八時だった。

勝子に迎えられて、勝手口から入る。

ダイニング・ルームへ通された。

佐美子と宮下は、顔を出して、ねぎらいの言葉をかけてきたが、里奈は姿を見せなかった。

「里奈さんは?」

と、訊いてみた。

「まだ、お帰りになっておりません。六本木に、ブティックを持っておられるので、帰りが遅くなることもございます」

と、勝子が言った。

ゲスト・ルームに入る。

昨晩と同様に、十時をすぎてから、キッチンと勝手口を点検したあと、ベッドに入った。照明を落として、点けたままにしておく。

捜査会議の席でも眠れる男だから、すぐに寝ついた。しかし、やはり眠りは浅かった。

室内の空気が動く。それで目覚めた。人の気配が近づいてくる。

ベッドのわきで足を止めたのは、大二郎だった。

「なんだ、おまえか」

そう言いながら、上体を起こす。

大二郎が、にこっと笑いかけて、右の人差し指を口に当てる。

ダークブラウンの革ジャンに黒のジーンズで、黒のソックスだった。左手に黒のスニーカーを持っている。

「おれが、ここにいると、どうして、わかった?」

相馬は、苦笑をもらして、声を低めた。

「きのうの晩から知ってたんだ。裏木戸に、ウマさんのボロ車が停まっていたからね。きのうは、様子を見ただけで帰ったけど、きょうは、ウマさんに挨拶しようとおもってね」

「何が挨拶だ」

「ウマさんと、おれの仲なんだからさ。たまには顔を合わせて挨拶しなくちゃね」

「夜中に人の家でか」

「どうして、ここにいるの?」

「泊まりこみの警備だ」

「もう泥棒は入らないよ」

「おまえが、入ってきたじゃないか」

「おれは、ウマさんに会いにきたんだ」

大二郎が、足元にスニーカーを置いて、隣りのベッドにすわる。

「どこから入った？」

「勝手口だ。ガラス戸のカギを開けるのに、一分とかからなかったよ。プロだもんね。こんな屋敷なんか、出入りは自由だ。お手伝いの婆さんも、よく眠ってるよ」

「おいおい、勝子さんの部屋を覗《のぞ》いたのか？」

「うん。ちょっと襖を開けてね。それから、こっちへ来たんだ。ドアの下の隙間から明かりがもれてたから、ここだと見当をつけてね。だけど、ウマさんは、やっぱり刑事だね。目を覚ましたもんね」

「あたりまえだ。警備していて、泥棒に気づかなかったら、刑事じゃないよ」

「泥棒って、おれのこと？」

「おまえしか、いないじゃないか」

「盗《と》っちゃいないのに泥棒はないよ。まだ訪問の段階なんだからね」

「おまえの訪問は、下見だろ？」

「あれ、ポットがあるんだね」

と、大二郎が首をまわして、

「お茶でも入れようか？」

「おいおい、ホテルじゃないんだから」

相馬は、また苦笑をもらした。

「蔵吉の警備?」

「いや。いなくなったから、おれが泊まってるんだ」

「ビールに青酸カリを入れられて、命をねらわれたから逃げ出したんだね」

「おまえの情報から、〈ウララ〉のホステス、八潮須麻子のマンションを突き止めたよ」

「よかったじゃないの。マンション、どこ?」

「そこも下見するつもりか?」

「頭のコンピューターにインプットするだけ」

「へーえ。おまえの頭には、コンピューターが入っているのか?」

「ウマさんは?」

「おれのは、脳味噌《のうみそ》だ」

「須麻子のマンションは?」

「杉並区上荻二丁目の〈メゾンアリス〉の四〇四号。ここの駐車場に蔵吉のポルシェが停まっていて、須麻子の白のカローラが消えていたんだ」

「ポルシェは目立つから、カローラに乗り換えて、須麻子といっしょに、ずらかったんだね」

「おまえは頭がいい」

「コンピューターが、おしえてくれるんだ。この屋敷に億単位の金が眠っていること
は、たしかだってね。おれに隠されているのか、ウマさんも探してくれない？」

「おいおい。おれに泥棒の手伝いをさせる気か？」

「ウマさんとおれの仲じゃないの。冷たいこと言わないで協力してよ」

「億単位の金って、現金《ゲンナマ》なんだな？」

「そう。おれは、現金しかねらわない」

「この屋敷に隠されているのは、たしかか？」

「そう睨《にら》んでいるんだ。念のために、もう一度、別荘も当たってみるけどね」

「別荘は、千葉・南房総の勝浦の鵜原理想郷と、山梨の清里の二軒だったな」

「そう。ここは、いつまで？」

「あしたまで」

「それじゃ、こんどは外でね。現金の在処《ありか》、たのむね」

大二郎が、スニーカーを持って腰をあげた。にこっと笑いかけて背中を見せる。

ドアを開閉する音も立てない。

相馬は耳をすませた。しかし、何も聞こえてこない。

一月十二日は、泊まりこみの警備の最後の日だった。

大二郎の言うボロ車を、蔵吉邸の裏木戸に寄せて停めたのは、午後七時五十分だった。

勝手口から入る。

相馬は、勝子に迎えられて、ダイニング・ルームへ通された。

宮下が、顔を出して、

「おかげさまで、この二日間、ぐっすり眠れました。ありがとうございました」

と、礼を言って、

「社長の行方は、わかりませんか？」

「いまのところは、まだ」

相馬は、そうこたえた。

宮下が出ていくと、佐美子が入ってきて、

「相馬さんに泊まっていただくと、安心して、よく眠れます。しばらく、つづけて泊まっていただくわけには、いかないでしょうか？」

「わたしの一存では、何とも申しあげられません」

「お夕食は？」

「すませてきました」

「ご遠慮なさらないでね」

「はい」

「それでは、よろしく」

と、佐美子が出ていく。

勝子が、茶を入れてくれた。

熱い茶をすすって、

「里奈さんは？」

「まだ、お帰りになっておられません」

と、勝子が告げる。

ゲスト・ルームに入った。

十時すぎて、キッチンと勝手口を点検に行こうと腰をあげたとき、ドアにノックの音がした。

ドアを開ける。

里奈が立っていた。

前髪を額に散らして、髪をポニーテールにしている。黒のハイネックのセーターに、赤のパンツだった。ちょっと、きまりわるげな表情を見せて、

「ごめんなさい」

と、頭を下げる。

「あやまられるおぼえは、ないんだけどね」

相馬は、にこっと、あかるく笑いかけた。

「お酒、付き合ってくださる？」

里奈の顔に笑みがひろがる。

「ああ、いただきます」

相馬は、部屋を出た。

ダイニング・ルームに入る。

勝子も寝たのだろう、ひっそりとしている。

「お酒は、何がお好き？」

「いただけるものなら、なんでも」

「じゃ、ブランデーにしましょうか？」

「いいですね」

里奈が、ブランデーのボトルと、二つのグラスをテーブルに置いた。

チーズやサラミソーセージ、レーズンバター、クラッカーなどの小皿を並べる。

二つのグラスに、ブランデーを注《つ》いだ。

相馬が、そのグラスを取る。里奈も手にして、グラスを合わせた。カチッと小気味のいい音がする。

相馬は、香りを嗅《か》ぎ、舐《な》めてから口にふくむと、グイーッと流しこんだ。喉《のど》から食道が、かあっと熱くなり、心地よい熱さが胃袋に染みる。

「まあ。いい飲みっぷりだこと」

里奈が、一口飲み、相馬を見つめて、

「お強いんですね」

「まあまあです」

相馬は、グラスを干した。

「まあまあで、ボトル一本ですか？」

そう笑いかけながら、里奈が注いで、

「ニューヨークにいたころ、相馬さんに似て、男っぽくて、立派な体格の男性と付き合っていたんです。彼は黒人との混血で、名もない画家でした。結婚するつもりだったから、ニューヨークで、父に紹介したんです。すると、猛反対で、結婚するのなら仕送りはしない、と言われました。彼に稼ぎはなくて、仕送りがないと、やっていけなかったのです。デザインの勉強もできなくなるし、それで、彼と別れました」

「彼が、どうのこうのじゃなくて、お父さんは、ひとり娘の里奈さんを彼に奪《と》られるのが、つらかったんですよ」

相馬は、そう言い、一口流しこんで、サラミソーセージをつまみ、

「お父さんから、何か連絡は？」

「いいえ」

里奈が、首を小さく横に振って、グラスを口に持っていく。

「里奈さんにだけは、連絡があるとおもうんだけどね」

「父は理性的で冷たい面があります。決断力も並みじゃありません。わたしも、いったん決めると、ためらわずにやります。彼と別れるときも、そうでした。彼は未練げでした。わたしの気性は、どちらかというと、父親似なんです。母に似れば、よかったんですけど。やさしく、おもいやりがあって……」

「お母さんは、旧姓にもどられて、宇田川千恵さんですね」

「ええ」

「国分寺市光町の〈クレストホームズ〉というマンションに、お住まいで、介護福祉士をしておられるそうですね」

「やっぱり刑事さん、調べておられるんですね。介護という職業は、母に向いているとおもいます。わたしは、父より母が好きです。しょっちゅう会っているんですよ。いま、彼がいないでしょ」

「うん」

相馬が、首を縦に振る。

「相槌《あいづち》打たれちゃった」

里奈は、親しげな笑みを見せて、

「母といっしょに、よく食事をします。それで帰りが遅くなるんです」

「佐美子さんとは、どうなんですか？」

「おたがいに干渉しないことにしています。佐美子さんは、父の秘書をしていて不倫をつづけていました。母は、それを知って身を引いたのです。でも、佐美子さんは、ほんとに父を愛しているかどうか、疑問におもうこともあります」

「どうして？」

「佐美子さんにも冷たい面があるんじゃないかしら。まるで他人を見るような目つきで、父を見ることがあるんです」

「人間それぞれですからね」

「でも、相馬さんは、いいひと」

「いても、いなくても？」

「いいえ。いてほしいひとです」

里奈が、きっぱりと言って、グラスを干す。

相馬が、注いだ。ついでに、自分のグラスにも注ぐ。

「キッチンの出入りが自由なのは、いま家におられる四人ですね？」

「ええ」

「お父さんの会社の朝長さんも、キッチンに入られることが、あるそうですね？」

「ええ。母がいたころから、よくいらしてて、身内みたいな方ですから」

「ほかに、どなたか、いませんか？」

「佐美子さんの妹夫婦もよく来て、キッチンにも出入りします」

「妹さんが、おられるんですか」

「ええ。名前は、登美子《とみこ》さん。ご主人は、野々山《ののやま》さんです」

「野々山さんの名前と、お年は？」

「高俊《たかとし》さん、四十三だそうです」

「野々山高俊さん、四十三歳ですね。当然、登美子さんの姓も、野々山ですね？」

「ええ」

「お年は？」

「三十八と聞いてます。……なんだか事情聴取みたい……」

里奈が、笑みをうかべて、相馬を睨む。

「ごめん、ごめん」

相馬は、苦笑をもらしながら、一口流しこんで、

「刑事の地金《じがね》が出てしまって。わたしなんか、メッキしても、すぐに剝《は》げるんですよ」

「メッキと言えば……」

と、里奈が真顔になって、

「以前、野々山さんは、装飾品などのメッキ工場を経営していたんだそうです。景気がわるくなって、工場を閉鎖したと聞いてます」

「それで、いまは？」

「二年前から、立川の曙町《あけぼのちょう》で、〈ナポリ〉というレストランをやってます。父が、資金を出したのです。野々山さんは、もともと料理を作るのが好きで、はじめたんだそうです。でも、やはり素人《しろうと》ですから、コックさんを雇ってます。登美子さんも手伝ってますが、赤字だそうで、父に、お金を借りにきてます」

「ナポリというと、イタリアかな？」

「ええ。主にイタリア料理です」

「味は、どうですか？」

「まあまあです」

「野々山さんの住居は？」

「店の近くの高松町《たかまつちょう》の〈ダイヤコーポ〉というアパートです」

「お子さんは？」

「いません」

里奈が、グラスを置いた。相馬のグラスにブランデーを注ぐ。目のまわりを、ほんのりと赤く染めていた。

相馬の長い顔は、ぜんぜん色が変わらない。

「こうして、相馬さんと飲んでると、たのしい」

「わたしだって、警備をわすれそうです」

「こんど、外で食事をしましょうか？」

「いいですね。だけど、わたしは食べますよ。牛飲馬食ですから」

「ニックネームは、ウマさんなのね」

「そうです」

「おウマさんなら、乗っけてほしい」

「騎乗位ですか」

「あら、おっしゃるんですね」

里奈の眼差しが艶っぽくなって、相馬を睨んだ。

3

一月十三日は、相馬の報告を重大視して、午後一時から捜査会議がはじまった。

「ウマさんは、この三日間、蔵吉邸に泊まりこんで警備に当たりました。その成果として、蔵吉の娘、里奈さんから、有力な情報を得ました。ウマさんが報告いたします」

と、蟹沢が口を切る。

「蔵吉の後妻、佐美子さんには、登美子という妹がおります。年は三十八です。野々山高俊、四十三歳と結婚しています。いま報告するのは、里奈さんの供述ですから、まだ、くわしくウラなど取ってありません」

こう前置きをして、相馬が、つづける。

「野々山は、以前、装飾品などのメッキ工場を経営していましたが、景気がわるくなって、その工場を閉鎖したんだそうです。二年前に、蔵吉の出資で、立川市曙町にイタリア料理店〈ナポリ〉を開店し、現在も営業しております。コックを雇い、登美子も手伝っていますが、赤字だそうで、蔵吉に金を借りにきているとのことです。住居は、立川市高松町のアパート〈ダイヤコーポ〉。問題は、以前に経営していたメッキ工場です。メッキには、シアン化カリウム、つまり、青酸カリを使います」

「うーん、やったね、ウマさん。とうとう青酸カリが出たか」

と佐藤が唸《うな》り声を入れる。

「青酸カリは猛毒で致死量は、〇・一五グラムです。不用になり処分する場合には、毒物及び劇物取締法によって、中和することなどが義務付けられております。野々山が、中和などして廃棄しないで、そのまま所持していたかどうか、いまのところは、わかりません」

「そもそも、メッキというのは、どういうことなんですか？」

と、鴨田が訊いた。

「メッキは、鍍金《ときん》とも言われている。装飾品や器具類などの材料の表面を薄い金属の皮膜でおおう処理法のことだ。薄い金の皮膜でおおえば、金メッキ、銀でおおえば、銀メッキということになる」

久我が、得意げに解説する。

「代理のメガネの銀ブチ、それ、メッキですか？」

つづけて、鴨田が訊いた。

「わたしのメガネは、事件と関係ありません」

久我の顔が、しぶくなって、鴨田を睨む。

「ま、メッキは、ともかくとして、野々山には、蔵吉の命をねらう動機が、あるんじゃないかね。蔵吉から、イタリア料理店の開店資金を出してもらった。ところが、赤字で金を借りないと、やっていけない。蔵吉から借りるたびに、小言をくらっていたとすると、恨みたくもなるだろう。蔵吉が死ねば、義理の姉の佐美子に遺産がころがりこむ。登美子にしても、実の姉が金持ちになるわけだから、共犯の線も出てきて当然だ。普通なら青酸カリの入手は、むずかしい。しかし、野々山は、自分の工場で使っていたんだからね。廃棄しないで所持していたとしても、おかしくはない」

と、佐藤の声が大きくなった。

「それにしても、ウマさん。よく訊き出したねえ。里奈さんと仲よくなったのかね？」

銀ブチのメガネを光らせて、久我が問いかける。

「ニューヨークにいたころ、結婚するつもりで、わたしに似た体格の男と付き合っていたんだそうです。それで、親近感を持ったんだとおもいます」

「その男も、顔が長かったのかね？」

つづけて、久我が訊いた。

「そこまでは聞いてません」

相馬が、ぶすっとした顔を見せる。

「やはり、ウマくんは、一馬身先を走っているね」

と、中藤が笑いかけた。真顔にもどって、

「蔵吉邸のキッチンに出入り可能な者の中に、かつては青酸カリを扱っていた男がいたということだ。それに動機もある。捜査が進展したことは、たしかだね」

「しかし、むずかしい事件です」

と、蟹沢が乗り出して、

「たとえ、野々山の犯行としても、いまになって、青酸カリを発見するのは容易じゃありません。捨てるなりして始末しているはずです。しかも、ビール瓶《びん》の指紋は拭きとられていて、検出されておりません。野々山が、青酸カリを入れたという証拠は、つかめないし、いつ入れたのか、日時を突きとめるのも至難だとおもいます」

「まだまだ、野々山の犯行と断定できないね。インターネットを通じて青酸カリを買い、宅配で入手して自殺をした女性がいる。売った男も自殺したが、死亡後、自殺幇《ほう》助《じょ》で書類送検されている。青酸カリは自殺にも使われることが多い。戦争のころ、日本軍の将校や、その家族たちが、自決用に所持していた、と聞いたことがある」

と、黒田が言った。

「たしかに、青酸カリなど毒物による殺人事件は、むずかしい。しかし、ここで、野々山という参考人が出たわけだ。いまの段階では、家宅捜索など大っぴらな捜査はできない。内偵をすすめてください」

と、中藤が指示をする。

「ところで、蔵吉の愛人の八潮須麻子の男関係、ヒモがいるか、どうかの件だがね」

黒田は、森と鴨田に目を向けた。

「報告いたします」

と、森が口を切って、

「同僚のホステスたちに訊いたところ、仁田山《にたやま》という男の名前が出ました。三十半ばで、遊び人ふうだそうです。〈ウララ〉では飲食代を払ったことがなく、いつも、須麻子が立て替えているとのことです」

「仁田山？」

森を見る蟹沢の目が、ギョロッと光って、

「名前は？」

「名前までは突き止めていません」

と、鴨田が言った。

蟹沢が、相馬に首をまわす。

相馬も、蟹沢と顔を見合わせた。

「金渕組のファイルの中に、仁田山という名前があったね？」

「ええ、ありました」

「仁田山という苗字は、めずらしい」

「新宿柏木署へ問い合わせます」

と、相馬の声に力がこもる。

「それにしても、蔵吉と須麻子は、どこにいるのかねえ」

思案げに、中藤が言った。

「つぎの四回目の公判は、二月二十日です。三億円の保釈金が、もったいないから、それまでには、あらわれるでしょう」

久我が、言葉をつづける。

「蔵吉にとって、三億円は、そんなに惜しくないとおもいます」

相馬が、口を入れた。

「どういうことだね？　三億円は大金だよ」

久我が、メガネの奥の目を光らせる。

「〈美浜建設〉の株券は、七十億円で売られてます。共犯と分け合い、蔵吉が半分取ったとしても、三十五億円です」

「うーん。三十五億円か」

と、佐藤が唸った。

「一千万は、百万円の札束が十個です。一億だと百個になります」

と、相馬が言った。

「そんなことは、わかっている」

久我が、押えつけるように言う。

「一万円のピン札で、一億円だと、約十キロだそうです。十億円だと、約百キロになります」

「ぎっくり腰になってもいいから、担いでみたいねえ」

佐藤が、しみじみとした声を出す。

「提案があります」

と、相馬が言い出した。

「なんだね？」

中藤が、相馬に目を移す。

「首吊り偽装殺人事件は、犯人が、ふたり。ひとりは大柄。ホトケの飛田をカーペットで包《くる》んで、運び出し、白いライトバンに積みこんだ、そこまでは判明していますが、それ以上の進展は見られません。飛田は、三年前に、丸沼雅代と離婚しております。結婚生活は二年間ほどだったそうです。飛田の妹、西山久子は、離婚の理由は知らない、と言っております。飛田と雅代が、何故、離婚したのか、原因は何だったのか、もしかすると、事件と関係があるかもしれません」

「丸沼雅代の所在は不明なんだね？」

「ええ、わかっておりません」

「三年も前のことだから、事件との関係は、どうかとおもうが、あらゆる可能性をさぐるのが捜査だからね。丸沼雅代の所在を突き止めて当たってみるか。この捜査もすすめてください」

と、中藤が指示を出した。

この会議のあと、相馬は、新宿柏木署の市川に、仁田山という男が、金渕組にいるか、どうかを電話で問い合わせた。

「仁田山明《あきら》という組員がいる。年は三十五。傷害と暴力行為の前科持ちだ」

市川も、電話で知らせてきた。

「顔写真を送ってくれないか」

「よし、わかった」

こうして、仁田山明の顔写真が、ファックスで送られてきた。

そして、夕刻。

森と鴨田は、この顔写真を持って、銀座六丁目のバー〈ウララ〉へ走った。

ホステスたちの供述によって、仁田山明が、須麻子のヒモ的存在と判明した。

連続殺人

1

　相馬は、十、十一、十二の三日間、蔵吉邸で泊まったので、十三日は、少し早めに署を出た。

　自宅のワンルーム・マンションへ帰ったのは、午後五時半ごろだった。

　それから間もなく、電話が鳴った。

「ハイ、相馬です」

「ウマさん、おれ」

「大二郎か」

「やっぱり帰ってきてたんだね。あれから何か収穫あった？」

「佐美子に、登美子という妹がいて、野々山という男と結婚していることが、わかった。野々山は、立川市内で、イタリア料理店を経営している。蔵吉に開店資金を出してもらい、いまも赤字で、蔵吉から金を借りているらしい。この野々山は、以前、装飾品などのメッキ工場を、やっていたんだそうだ」

「メッキなら、青酸カリを使うよ」

「ああ。蔵吉邸に、ちょくちょく来て、キッチンにも入っているらしい」

「やったじゃないの、ウマさん」

「まだまだ」

相馬は、そう言い、つづけて、

「〈クラヨシ〉が、債権の取り立てなどに、大友連合、金渕組を使っていることも、わかった。〈ウララ〉の須麻子にも、金渕組の組員のヒモが付いているんだ。仁田山明、三十五歳。傷害と暴力行為の前科持ちだ」

「すると、蔵吉は、ヒモ付きと知らずに、須麻子を愛人にしてるんだね」

「そういうことだ。知ってたら、マンションなんか買ってやるわけないからね」

「ヒモ付きのくせに、連れて逃げてよ、か」

「ところで、おまえのほうは、どうだ？」

「〈宵待草〉へ飲みにいって、恭子と仲よくしているよ。だけど、これといって収穫なしだ」

「いい声で泣く、ウグイス嬢か」

「アーン、アーン、イクイクって泣くウグイスだ。あのスナックに新顔が入ったよ。いい女だよ。名前は宏美」

「苗字は？」

「田所」

「うーん。田所宏美か」

「どうして唸《うな》ってるの？」

「宏美さんは、〈飛田商会〉にいて、飛田とできてた女だよ」

「ええっ？　飛田というと、〈美浜建設〉の株券を七十億で売って、首を絞められ、吊るされた男だね？」

と、大二郎の声が大きくなる。

「そうそう。宏美さんは、その飛田と肉体関係があったんだ」

「へーえ、おどろいたな」

「おれだって、おまえの口から、宏美さんの名前を聞こうとはね。〈宵待草〉へ出かけるか」

「じゃ、新宿で会おうよ」

「八時に、新宿駅東口の旅行センターの前で、どうだ？」

「ああ、いいよ」

「じゃ、な」

相馬は、受話器を置いた。

トースト三枚とコーヒーを腹の虫に食わせると、シャワーをあびて着替えた。ブルージーンズを穿《は》き、グリーン系のシャツに黒の革ジャンを重ねる。黒革のスポーツシューズで、マンションを出た。

立川駅へ歩き、中央線のホームに降りて、東京行きの特快電車に乗る。新宿駅で下車すると、北通路を通って、東口の改札口を出た。階段を旅行センターの前に上がる。

午後八時に、まだ間があったが、大二郎は来ていた。ライトブルーのダウンジャケットの襟元《えりもと》に赤いハイネックのセーターを覗《のぞ》かせている。

おたがいに、目を合わせて顔を和《なご》める。

肩を並べて、東口を出た。ネオンが、色とりどりの光を放って、絢爛《けんらん》さを競い合っている。人の密度も濃かった。靖国《やすくに》通りを横断して、歌舞伎町一丁目に入る。

「その店で、おまえの商売、どうなってるんだ？」

「フリーのカメラマン、ということになっている」

「きょうは、恭子さん、いるのか？」

「ああ、いるよ。週に三日のバイトだけどね」

「オーナーは？」

「ママだ。紀平桂子《のりひらけいこ》さん。四十くらいかな」

「宏美さんは、いくつに見える？」

「二十七、八じゃないの」

「三十三だよ」

「へーえ。若く見えるね。ママも、もっと年くってるのかな」

桜《さくら》通りをすすむ。

「ここ」

と、大二郎が告げた。

雑居ビルの地下の降り口に、〈スナック・宵待草〉の看板が出ていた。灯が点《とも》って、グリーンの地に白い文字が浮き出している。

大二郎が、先に立って、地下一階に降りると、右手のドアを開けた。相馬も、つづいて入る。

「あら、いらっしゃい」

「いらっしゃいませ」

女の声が迎える。

七、八人がすわれるカウンターと、奥にボックス席が一つだけの、小ぢんまりとした店であった。

カウンターの中には、三人の女がいた。

まん中の女が、ママの桂子だった。髪をアップに結いあげている。グリーンのブラウスが、襟首の白さを際立たせていた。鼻の形がよくて、オレンジの紅の唇《くちびる》は、いくらか大きめだった。大二郎が言うように四十くらいに見える。

桂子の右にいるのが、中井恭子だった。〈クラヨシ〉の社員である。年は二十六、と相馬は聞いている。しかし、小柄で丸顔のせいか、三つ四つ若く見える。オカッパふうの髪型で、顔立ちは十人並みだった。

桂子の左には、宏美がいた。面長《おもなが》で、鼻が高く、二重まぶたの目尻が、ほんのわずかに下がっている。横分けにしたショートヘアが、よく似合っていた。パールピンクの紅をさした唇が艶っぽく見える。そして、ピンクがかった真珠のネックレスを光らせていた。三人の中では、いちばんの美貌だった。

客は一人だけであった。五分刈りほどの坊主頭の大きな男だ。額がせまくて、細い目をしている。鼻は低くて、小鼻が開いていた。カーキ色のブルゾンの背中が、はちきれそうだった。年は三十二、三か。

「まあ、刑事さん……」

宏美が、目を大きくする。

「仕事じゃないんだ。相馬と呼んでください」

革ジャンを脱いで、隣りの椅子《いす》に置くと、大二郎と並んで、カウンターにすわりながら、顔を和める。

「刑事さんの、お友だちがいるって、ほんとだったのね」

恭子は、相馬から大二郎に目をもどした。

「よろしく、おねがいします」

ママの桂子が、にこやかに頭を下げる。

「いや、どうも」

相馬は、てれた。

「刑事は、きらいだ」

いきなり、男が言った。前には、焼酎《しようちゆう》のボトルが置かれている。グラスを手にしたまま、相馬のほうへ太い首をまわした。

恭子が、大二郎の前にウイスキーのボトルを置く。

「これで、いい？」

大二郎が訊《き》いた。

「ああ、水割りで」

相馬は、男を無視して、平然としている。

「それじゃ、みんなで水割りを」

大二郎が、たのしげな声を出す。

相馬と大二郎、ママの桂子、宏美、恭子の五人は、ウイスキーの水割りのグラスをかかげた。軽く合わせる。

大二郎は、小さく喉《のど》を鳴らした。

相馬が、グイーッと流しこんで、グラスを半分ほど空《あ》ける。

「お強いんですね」

宏美が、にこっと笑いかけた。

「宏美さんと、いっしょに飲むのは、はじめてだね」

相馬が、グラスを干す。

宏美が、相馬のグラスに水割りを作った。

「ここは、いつから？」

「この七日からです。退職金も出ないんですもの、遊んでいるわけにはいかないでしょ」

宏美が、こたえて、グラスを口に持っていく。

「ひどい目に遭《あ》ったねえ」

「人生いろいろありますよね」

「そう。いいこともあるさ」

相馬の声音が、やさしくなる。

「おいおい。宏美さんと、いちゃつくんじゃねえ」

相馬を睨《にら》んで、男の声に怒気がこもる。

「およしなさいよ、カメさん」

宏美が、男に声をかける。

「カメさん？」

と、相馬は訊いた。

「小亀勇《こがめいさむ》さん。だから、カメさん。中学で同級だったの」

「もしもし、カメよ、カメさんよ、か」

大二郎が、歌うように言う。

「なんだと、この野郎、なめやがって」

小亀が、椅子を降りた。体を相馬と大二郎のほうに向ける。上背もあった。相馬より五センチほど高い。肩が盛りあがっていた。腹も出ている。ブルゾンの前がはだけて、黒いシャツを見せていた。体重は、優に一〇〇キロを超えているだろう。

「小亀じゃなくて、大亀さんだね」

大二郎が、グラスを置いて、まじまじと小亀を見つめる。

「おい、おれに、イチャモンつけようってえのか」

小亀の形相が、けわしくなる。

「およしなさい」

宏美が、小亀を睨んだ。

「仲よく飲みましょうよ、ね」

桂子も、なだめるように言う。

「喧嘩《けんか》しにきたんじゃないんだ」

と、相馬は苦笑をうかべた。

「喧嘩を売ってきたのは、おめえらじゃないか」

「立ってないで、すわったら、どうだ？」

相馬は、おだやかに声を返して、グラスを置いた。

「おれに指図するのか」

小亀の細い目に狂暴な光が萌《きざ》して、焼酎のボトルを取る。手が大きいせいか、そのボトルが、ビールの小瓶くらいに見える。それを相馬めがけて、いきなり投げつけた。

相馬が、とっさに、そのボトルを右手で受け止める。

「ナイス・キャッチ！」

と、大二郎が声を飛ばした。

小亀が、グラスを取る。一気に干すと、それも相馬めがけて投げつける。

相馬は、飛んできたグラスを横に払った。壁に当たり、割れて、ガラスの破片が飛び散る。

「あぶないじゃないの。およしなさい」

と、宏美の声が大きくなる。

「おやめなさい」

桂子が、ぴしゃっと言った。

恭子は、おびえて、顔色を変えている。

「表へ出ろ」

小亀が、わめき声をあげる。

「よし、出よう」

相馬は、椅子を降りた。

「大丈夫？　でかいよ」

大二郎も、椅子を降りて、案じ顔になる。

「勘定をたのむ。あとで割り勘」

相馬は、小声で言って、革ジャンを着た。前のジッパーを閉めると、小亀の先に立って、この店を出た。

階段を上がり通りへ出て、小亀と対峙《たいじ》する。

人の流れが止まった。

大二郎と宏美が出てきた。恭子も姿を見せる。

日本一の歓楽街の通りである。あっという間に人の壁ができた。

「野郎っ！」

唸《うな》り声が気合いになって、小亀は、いきなり右手で突いて出た。大きくて肥満型だが、動きは敏捷《びんしょう》だった。

――相撲《すもう》か。

とっさに、ひらめいたが、かわしきれずに、左肩を突かれた。相馬の体が、後ろへ、ふっ飛び、回転して倒れる。反射的に受け身をすると、体を起こした。ふたたび、向かい合う。

「うおっ！」

唸り声をあげざま、小亀が組みついてくる。

相馬は、さっと体《たい》を開いて、足を飛ばした。その足が、小亀の膝《ひざ》にかかって、横ざまに倒れる。路面で一回転すると、すぐに起きあがった。その瞬間、相馬は、小亀の懐《ふとこ》ろへ躍りこんでいた。右腕を取り、肩に担いで、体をひねる。姿勢を低めると同時に、背中と腰で跳ね上げた。小亀の巨体が、相馬の頭上で弧を描く。靴が空《くう》を蹴った。背負い投げが決まって、小亀が、あおむけに落下する。

そのとき、相馬は手を離した。小亀が体を丸めて路面に落ちる。まるで、土俵の上のように転がると、すぐに起きた。立ちなおる隙《すき》を与えずに、右手を取って、たぐり寄せる。その手を担いで、小亀の懐ろに躍りこんだ。体をまわし、体を低めて、背中と腰で跳ね上げる。小亀の巨体が宙に浮いた。相馬の頭上で弧を描き、あおむけになって落下する。こんどは、右手を取ったままだった。小亀は、右手を取られて、あおむけのまま、はげしく路面に叩《たた》きつけられた。衝撃音が、舗装路でも地響きになる。

人の壁が、どよめいた。

「やった、やったぁ」

大二郎が、歓声をあげている。

相馬は、手を離した。小亀は、四肢を投げ出し、あおむけになったまま動かない。

「救急車を呼べ、救急車……」

そんな声を聞きながら、相馬は、人の壁を割って歩き出した。

2

翌、一月十四日の朝も、相馬のマンションへ、大二郎から電話がかかってきた。

「やっぱり、ウマさんは強いねえ」

「あれから、どうした？」

「パトカーが来たし、救急車も来たよ。あいつは、そのとき、もう起きあがってい て、オマワリや救急隊員を払いのけるようにして、フラフラと二丁目のほうへ歩いて いった」

「あの小亀は、宏美さんと、さん付けで呼んでいた。中学の同級なら、呼び捨てにす るもんだがね。宏美さんの男関係を捜査していて、はじめて出た男だ。どういう男な のか、恭子さんを通して調べてくれ」

「ああ、やってみるよ。ところで、蔵吉邸の札束の隠し場所、見当ついた？」

「泥棒の片棒は担がない」

「相棒じゃないの」

「〈宵待草〉の勘定は、こんど払うからな」

「いつでも、いいよ。おれ、金持ちだから」

「人さまの金を、だまって、もらってきたんだろ」

「金に変わりはないよ」

「定期預金なんかにするなよ。金の出所がバレたら、ヤバイよ」

「ああ、わかってる。それに、銀行だって、ヤバイからね。つぶれるんだから」

「何か、わかったら知らせてくれ」

「ああ、まかしといて」

大二郎が、電話を切る。

相馬は、出署すると、小亀勇の前歴を照会した。宏美と同級生なら三十三歳だ。年もわかっている。しかし、前科前歴は登録されていなかった。逮捕歴すら、なかったのである。

森と鴨田は、歌舞伎町二丁目の金渕組の事務所を訪ねて、仁田山明に会った。ほっそりとした男だった。眉間《みけん》がせまくて、顎《あご》が細く、神経質で貧相な感じがする。

須麻子との仲を問い詰めると、

「旦那が年で、欲求不満なんだ。それで、相手してやってるんだ。旅行に出るとは聞いたが、いま、どこにいるのか知らないし、須麻子からも連絡はない」

仁田山は、このように供述した。

「旦那が、だれか知っているんだろう？」

と、訊くと、

「ああ。〈クラヨシ〉の社長の蔵吉さんだ」

そうこたえた。

特捜本部は、飛田の元妻の丸沼雅代の行方を追っていた。飛田の妹、西山久子と同じ年だから三十八である。離婚した三年前に、新宿区百人町《ひゃくにんちょう》二丁目から、台東《たいとう》区西《にし》浅草《あさくさ》三丁目に転居していた。以来、ここにいることになっていて、住民票はあるのだが、本人は居住していなかった。


一月十八日の朝、相馬のマンションへ、大二郎から電話がかかってきた。

「何か、あったのか？」

「ああ。また蔵吉の別荘の下見をしてたんだ」

「どちらだ？」

「千葉のほうだ。南房総の勝浦、鵜原理想郷」

「いつ？」

「きのうの晩。いま帰ってきたところなんだけどね」

「札束を見つけたのか？」

「それどころじゃないよ。一階のリビング・ルームのカーペットに、いくつも血痕《けっこん》が付いているんだ。血は、そんなに古くないとおもう。玄関のカギは、かかっていたけど、勝手口のカギは開いていたんだ」

「よし、わかった」

「うまくやってよね」

「ああ、おまえのことは伏せる」

「じゃ、たのむね」

大二郎が、電話を切る。

おりよく、蟹沢が宿直だった。

刑事部屋に電話をかけると、蟹沢が出た。

大二郎の電話の内容を告げる。

「電話で、ここへ密告《タレコミ》があったことにする。本部（警視庁）から千葉県警へ連絡をとってもらおう」

てきぱきと、蟹沢の声が返ってくる。

「出張捜査になりますね？」

「そのつもりだ。青酸カリ入りのビールで、命をねらわれた蔵吉の別荘だからな」

「支度をして出ます」

相馬は、受話器を置いた。

髭《ひげ》を剃《そ》って、顔を洗う。トースト五枚と三つ目の目玉焼き、ベーコンとソーセージ、野菜ジュースと牛乳を腹におさめた。それから歯を磨《みが》く。
グレーのシャツに黒の革ジャンを重ね、バッグを持って、マンションを出た。

ボロ車で署へ走る。駐車場に停めると、助手席にバッグを置いたまま、車を出た。

刑事部屋に入ると、奥の席で、佐藤と久我が、顔をそろえていた。すぐ前の席に、蟹沢がいて、

「電話で密告《タレコミ》があってね」

と、声をかけてくる。

「どんな密告ですか？」

相馬は、とぼけて訊いた。

「千葉・勝浦の鶴原理想郷に蔵吉の別荘がある。そこのリビング・ルームのカーペットに、血痕が、いくつも付いているそうだ」

と、蟹沢が告げる。

「しかし、家の中の血痕が、どうして、わかったのかね」

久我が、腑《ふ》に落ちない顔になる。

「勝手口が開いていたそうです。別荘荒らしもいますしね」

蟹沢が、言いつくろう。

「本部を通して、千葉県警へ連絡を取っているところだ」

と、佐藤が口を出した。

「勝浦署の管内ですね？」

相馬が、佐藤に目を向ける。

「ああ、そうだね」

「出張捜査になりますね？」

相馬は、蟹沢に目を移した。

「うん、そういうことになる」

「係長と、わたしが出かけます」

相馬は、佐藤に目をもどした。

「カニさんは宿直だったんだから、疲れてるんじゃないか？」

と、久我が口を入れる。

「大丈夫です。運転はウマさんにまかせて寝ていきます」

蟹沢は、久我に首をまわした。

それから間もなく、佐藤の机の電話が鳴った。

佐藤が、受話器を取って、

「はぁ、……はい、……はい、……わかりました。こちらからは二名、強行犯係の蟹沢と相馬が出向きますので、よろしくおねがいします」

そう言うと、受話器を置いて、

「千葉県警本部は、勝浦署に指令を出したそうだ。勝浦署の刑事課が協力してくれる。先方も強行犯係で、稲葉《いなば》係長が担当だそうだ。捜索令状も請求するとのことだ」

「わかりました。これから発《た》ちます」

威勢よく、蟹沢が言った。

「気をつけて」

と、佐藤が声をかける。

「警視庁の名誉が、かかっているんだからね」

謹厳な顔で、久我が言った。

蟹沢が苦笑をもらす。相馬と連れ立って、この刑事部屋を出た。

駐車場で、相馬は、自分のボロ車からバッグを取り出した。捜査専用車に乗りこんで、そのバッグをリアシートに置く。目立たない、ブルーのカローラである。蟹沢も、助手席に尻を沈めた。

「何も持たなくて、いいんですか？　お宅に寄りますよ」

「手ぶらで行くよ。何か持つと、わすれるからね」

甲州街道へ出た。新宿方向にすすんで、谷保天満宮《やぼてんまんぐう》の前を通過し、右折して下る。

国立府中インターから中央自動車道に入った。料金所は、緊急車両通行券を提示して通る。公用の場合は、名刺ほどの大きさの、この通行券で高速道路を走るのである。

午前九時五十分だった。

高井戸インターから、首都高速四号新宿線に入る。

「天気がよくて、いいですね」

「房総は、東京より、あたたかいだろうね」

新宿インターを通過したのは、十時二十分だった。

「首都高速には、パーキング・エリアはないのかね?」

行く手を見やりながら、蟹沢が訊いた。

「トイレですか?」

両手をハンドルにそえて、相馬が訊き返す。

「ああ、ションベンだ」

「この先に、あったとおもいますよ」

間もなく、その標識が出た。走行車線を左にそれて、代々木《よよぎ》パーキング・エリアに入る。大型トラックの後ろへ車を停めた。

相馬も付き合って、連れションになる。

本線へもどって、走り出した。

三宅坂《みやけざか》ＪＣＴを、十時四十五分に通過。車は、スムーズに流れている。高速都心環状線に入った。

「首都高速は、むずかしいんです。ちょっと、まちがえると、とんでもないところへ行ってしまいますから」

相馬は、行く手から目をはずさない。

「Ｕターンできないしね」

蟹沢も、ギョロ目を前方にそそいでいる。

神田橋《かんだばし》ＪＣＴで、高速都心環状線をそれた。箱崎《はこざき》ＪＣＴを通って、隅田川《すみだがわ》を渡った。高速七号小松川《こまつがわ》線に入る。

「まちがえなくてよかった。このまま、もう、まっすぐですから」

相馬が、ほっとした顔になる。

「出張捜査の途中で、迷子になったんじゃ、代理じゃないが、警視庁の名誉にかかわるからな」

と、蟹沢も頬《ほお》をゆるめた。

荒川《あらかわ》を渡って、小松川インターを走り抜ける。京葉《けいよう》道路に入って、江戸川《えどがわ》を渡った。

「何か食べていきませんか？」

「腹の虫が鳴き出したかね？」

「ええ。よく鳴くんですよ。馬食の虫が」

「馬追い虫も、よく鳴くがね」

「どんな虫ですか？」

「スイッチョだよ」

「へーえ。スイッチョの本名は、馬追い虫ですか。ガチャ、ガチャと鳴くのは、クツワ虫ですね」

「そうそう。いまのところ、捜査も、まだ、ガチャガチャしてるがね」

「九十億円の〈美浜建設〉の株券をパクったのが蔵吉。その株券を石橋鉄雄に一ヵ月の期限で貸した。ところが、石橋は失踪したきり。どういう経路かは、わからないが、その株券を入手した横塚英二が、飛田に売却を依頼した。飛田は、七十億円で売った。横塚は交通事故死。飛田は偽装首吊《くびつ》り。おそらく石橋も殺されてますね。蔵吉も命をねらわれている。蔵吉、石橋、横塚、飛田、この四人のうち、繫《つな》がっているのは、蔵吉と石橋、飛田と横塚だけで、一直線にはなってませんね」

「そう。ガチャガチャしていて、スイーッチョと、すっきりとは、いかないねえ」

「蔵吉は、金渕組と繫がっていて、おまけに愛人の須麻子のヒモも、金渕組の仁田山ですよね」

「うん。蔵吉は、須麻子を連れて逃げているんだろう」

「後妻の佐美子の妹、登美子の亭主、野々山は、装飾品メッキで青酸カリを扱っていた。ほかに、蔵吉がらみの人物というと、政治家や秘書がいましたね」

「そうそう。財堂敬太郎代議士と秘書の堀川清介だ。堀川は、蔵吉から一億八千万円を借りている。全額を返済したか、どうかは不明だ」

「とにかく、何か食べていきましょう」

鬼高《おにたか》パーキング・エリアに入る。

蟹沢は、黒豚カツカレーを腹におさめた。相馬が、おなじカレーとワンタンメンを腹の虫に食わせる。

食べおわって、腰をあげたとき、

「こりゃ、たいへんなことを、わすれていたよ」

と、蟹沢が言い出した。

「何ですか？」

「大二郎のことを伏せるのが念頭にあって、うっかりしていた。勝浦署に捜索令状をとってもらうにしろ、蔵吉の身内の了解も必要だ」

「そうですよね」

相馬は、携帯電話を取り出した。

蔵吉邸にかける。

勝子が出て、

「先日は、お泊まりいただいて、ありがとうございました」

と、礼を言う。

「奥さん、おられますか？」

「お買いもので、出かけておられます」

「里奈さんは？」

「スキーで、お出かけです」

「じつは、鵜原の別荘を捜索することになりましたので、お伝えねがいたいのですが……」

「はい、承知いたしました」

「それでは、よろしく」

相馬は、この電話の内容を蟹沢に告げた。

「お買いものと、スキーか。けっこうな身分だね」

「わたしだって、やりますよ」

「ウマさんの買いものは、コンビニで、スキーは、ボロ車で、しゃかりきに走って日帰りだろ」

車にもどる。

十一時三十分だった。

また、走り出す。幕張《まくはり》パーキング・エリアを通過した。追越し車線へ移って、スピードをあげる。

「おいおい。千葉県内で、警視庁の捜査専用車が事故を起こしたら、それこそ名誉にかかわるよ」

「それじゃ、名誉を保ちます」

走行車線へもどって、時速八〇キロほどを保ちながら、車間距離をとって、安全運転で走っていく。

千葉西料金所も、緊急車両通行券を提示して通った。千葉南インターから館山《たてやま》自動車道に入り、市原《いちはら》インターで降りる。

ちょうど、正午だった。

国道二九七号を南下する。勝浦へ五三キロの標識が出た。大多喜町《おおたきまち》を走り抜ける。

勝浦の市街に入ったのは、午後一時十分であった。

千葉県警、勝浦警察署の前の駐車場に車を停める。

蟹沢と相馬は、署の正面玄関から入っていった。

「警視庁北多摩署の蟹沢です」

受付カウンターで名乗り、警察手帳を提示する。

「こちらへ、どうぞ」

若い巡査が請じた。

カウンターのわきを通って、廊下を右へすすむ。通されたのは、応接室だった。

「しばらく、お待ちください」

若い巡査が出ていく。

入れ替わるようにして、私服の二人が入ってきた。

おたがいに名乗って、名刺を交換する。

刑事課の和田《わだ》課長と、強行犯係の稲葉係長だった。

和田は、額が広く、目鼻立ちが整っていて、知性を感じさせる。上背《うわぜい》があり、締まった体で、濃紺のスーツを、うまく着こなしていた。年は四十半ばか。

稲葉は、タイプが蟹沢に似ていた。ゴマ塩の頭髪を短く刈りこんでいる。いくらか顎が張っていて、大きな目に光があった。肩幅があって、がっしりとしている。白いワイシャツにノーネクタイで、地味なグレーのスーツだった。蟹沢と同年輩に見える。

「お世話になります」

と、蟹沢は頭を下げた。

相馬は、だまって、おじぎをした。

「蔵吉大吾の詐欺《さぎ》事件、その蔵吉邸での、青酸カリ入りビール殺人事件、飛田芳夫の偽装首吊り事件などの概要は、警視庁から、ファックスでいただいております」

と、和田が告げる。

「当たってみたところ、バブルのころ、蔵吉は、鵜原理想郷に中古の別荘を買って、改築したとのことです。三億円の保釈金を積んで、保釈になり、八潮須麻子という女性と逃亡中だそうですが、あの別荘なら、近辺は人目が少なくて、隠れ家《かくが》になるとおもいます。屋内に立入り禁止の指示を出し、すでに捜査員や鑑識係が待機しております」

稲葉が、てきぱきと告げる。

「それでは、おねがいします」

蟹沢は、すぐに腰をあげた。

相馬も立つ。

正面玄関から駐車場へ出た。

稲葉が、小型パトカーに乗りこんで、助手席にすわる。制服の巡査の運転で走り出した。北多摩署の捜査専用車が、あとにつづく。国道一二八号に出て、市街を通り抜け、勝浦湾ぞいに西へ走っていく。海辺から離れると、国道を左へそれて、外房《そとぼう》線の鵜原駅前を通過した。トンネルの手前で左折する。南へ下って、トンネルを二つ抜けた。勝場《かつば》港の手前で、右へまがる。この入江の高台に立つ温泉旅館〈鵜原館〉の下を通りぬけた。わずかに登って、素掘りのトンネルに入る。ヘッドライトを点けた。

「まるで、洞穴《ほらあな》ですね」

相馬が、ハンドルを握りなおす。

カローラの車幅いっぱいほどの小さなトンネルだった。

抜けると、そこから先、明神岬《みょうじんみさき》までの台地が、鵜原理想郷であった。

右手は、斜面の緑の中に別荘が点在しているし、左手の斜面の裾《すそ》には、入江の海面が覗いている。松や杉、樫などの常緑樹が多かった。

ゆるやかな傾斜の赤い屋根に白い壁の瀟洒《しょうしゃ》な二階屋が、蔵吉の別荘だった。玄関の前が切り開かれていて、小広くなっている。そこに、勝浦署の捜査専用車やパトカー、鑑識車などが停まっていた。刑事や鑑識係員らの姿が見える。稲葉も、そこに小型パトカーを停めた。その後ろへ、相馬が車を停める。

車を出た。

勝手口は、玄関から見て、左側にあった。稲葉が先に立って、左へまわりこむ。

格子窓の手前に木製のドアがあった。刑事が二人立っていて、

「玄関は、カギがかかっておりますが、ここは、かかっておりません」

と、一人が告げる。

稲葉は、白い手袋をはめながら、蟹沢に首をまわした。

蟹沢が、首を縦に振って、茶色のブルゾンのポケットから白い手袋を取り出す。

相馬も、手袋をはめた。

稲葉が、ドアを開ける。蟹沢と相馬が、つづいた。刑事や鑑識係員らも、つづいて

入る。

靴を脱いで上がった。

六畳ほどのキッチンだった。床のフローリングには、血痕は見当たらない。システム・キッチンのシンクには、皿や小鉢、茶碗《ちゃわん》やコップなどが入ったままだった。キッチン・カウンターの向こう側は、十畳ほどの広さのリビング・ルームになっている。壁際には、サイドボードが、すみのコーナーボードには、テレビが載っている。中ほどに、テーブルセットがあった。窓のカーテンが下りている。

床には、ブルーのカーペットが敷かれていた。

そのカーペットに、いくつも赤黒く血痕が付着している。

「見分に、かかってください」

と、稲葉が指示をする。

現場見分が、はじまった。鑑識係員が、カメラをかまえて、何度も、フラッシュの閃光《せんこう》をはしらせた。懐中電灯が、血痕を照らし出す。這《は》いつくばって、拡大鏡で血痕を観察する。

十七個の血痕が、カーペットに付着していたのである。テーブルのわきには、五個が寄りあつまっていて、そこから、廊下のドアに向かって、直線的に十二個が並んでいた。ほぼ円形で、直径は約一センチから一・五センチ。周縁は、砂糖菓子のコンペイトウのような小さな突起で囲まれている。

血痕の形や位置、飛び方などから、犯行の状況を、ある程度まで推測することができる。上から滴下《てきか》したものか、流下したものか、どの方向から飛んできたものか、動脈から噴出したものなのか、それぞれの血痕の形状は、重要な捜査資料になる。そして、「滴下痕」と「飛沫《ひまつ》痕」に大別されている。

「滴下痕ですね」

稲葉が、はっきりと言った。

「そうです。ポタポタと血をしたたらせながら、ドアに向かって歩いてますね」

蟹沢も、断定的な言葉を吐く。

相馬が、そのドアを開けた。

廊下の向かい側のドアが半開きになっていて、洗面台が覗いている。

「洗面所か風呂場で、血を洗い流した可能性がありますね」

と、相馬が言った。

「うん」

蟹沢が、うなずく。

「洗面所や風呂場の血痕の有無《うむ》を調べてください。屋内全体の見分もたのみます」

稲葉が、声を大きくする。

「血痕が付着してから、何日経っていますか?」

蟹沢が問いかける。

「四、五日だとおもいます」

と、鑑識係員がこたえた。

血痕検査のために、血痕が付着している部分のカーペットが切り取られる。

鑑識係員が、洗面所や風呂場に入った。

屋内全体の見分も、おこなわれた。

洗面台の流し口から、血痕が検出された。

二階の寝室のツイン・ベッドは、上蒲団やベッドカバーが乱れていたし、シーツにも皺《しわ》がよっていた。

「ふたりが泊まったことは、たしかです」

と、稲葉が言う。

「異状は血痕だけですね」

と、蟹沢が言葉を返した。

「屋外の捜索もやります」

「おねがいします」

勝手口から出る。

稲葉の指示で、このあたり一帯の捜索がはじまった。

この鵜原理想郷は、岬と入江が入り組んだ海岸の自然美と、老松《ろうしょう》の美しさから、大正末期に開発された分譲別荘地である。日露《にちろ》戦争に従軍した弟を想い、「君死にたまふことなかれ」という詩を書いて、当時、論争を巻き起こした与謝野晶子《よさのあきこ》は、この地に滞在して、鵜原理想郷を詠《よ》んでいる。三島由紀夫《みしまゆきお》も、短編小説「岬にての物語」で、この鵜原を舞台にしている。もっとも、鵜原という地名ではなく、房総半島の一角の鷺浦《さぎうら》、と書いて、その景勝を絶賛している。

稲葉が、先に立って、ゆっくりとすすむ。蟹沢と相馬、刑事や鑑識係員らが、つづいた。

一軒の別荘の手前で右に折れて、ここから登りになる。松や枯れ木、ササヤブや灌木《かんぼく》のあいだの遊歩道を、ゆるやかに登っていった。立ち止まったり、ササヤブを掻《か》き分けたりする。群生する椿の中をすすむ。道端に水仙の花が咲いていた。

〈南房総国定公園、鵜原理想郷、勝浦市〉と記された立て札が立っている。海辺へ降下する小道もあった。その降り口にも立て札があって、〈遊漁者の皆さんへ。アワビ、トコブシ、サザエ、イセエビ、ヒジキ、ワカメ、テングサなどを採捕することはできません。マキ餌《え》、コマセは禁止します〉などと、記されていた。

蟹沢と相馬は、この立て札の前で足を止めた。

稲葉も、立ち止まって振りむく。

「マキ餌やコマセの禁止は、魚が多いということでしょうね」

蟹沢が、おもわず口にする。

「このあたりは、暖流と寒流の接点になっていましてね。海中生物が多くて、魚の種類も豊富です。……釣りをやるんですね？」

稲葉も、釣り好きらしく、顔を和める。

「ええ。多摩川が近いので、海より川ですがね」

「メジナが多いですよ。クロダイやイシダイ、カワハギもいます」

「川とちがって、うまい魚ばかりですね」

相馬も、あかるく口を出す。

「釣りにも、お出かけください」

「そのおりには、よろしく」

蟹沢は、頬をゆるめた。真顔にもどり、あたりに、ギョロ目をくばりながら、また歩き出す。

樹林帯を抜けた。明神岬の東側の小さな岬の突端へ出る。ぽつんと淋しげに石地蔵が立っていた。その先は断崖が切れ落ちている。右手にも、断崖があった。その絶壁が砂岩の層を幾重にも見せている。

目の前には、太平洋の茫洋《ぼうよう》たる海原《うなばら》があった。頭上は青空、足下から広がる海面は、コバルト・ブルーだ。潮風が頬を撫《な》でる。左手には、円柱形の勝浦海中展望塔が、陽射しを浴びて白く光っていた。その向こうに、浜勝浦《はまかつうら》の八幡《はちまん》岬が、緑色をおびて、ぼんやりと横たわっている。

「落ちると、死にますね」

蟹沢は、足元に目を落とした。

「ええ。救難艇の出番になります」

稲葉も、視線を落とす。

もどって、明神岬のほうへすすみ、わずかに登ると、展望台があった。西側の砂浜が見える。鵜原海水浴場だった。打ち寄せる白波が、砂浜を洗っている。

ふたたび、引き返した。

観光客と行き合わない。

稲葉が、小道との分岐点で足を止めた。

その小道は、背丈より高いササヤブの中に通じている。

「頂上に、大杉《おおすぎ》神社があります。六百年前に建立《こんりゅう》されたんだそうです。めったに人の入らないところですが、登ってみますか」

そう言って、稲葉が、また先に立つ。

ササヤブで視界が利《き》かない。おまけに登山道をおもわせる急登《きゅうとう》だった。

「たしかに、あまり踏まれていませんね」

蟹沢の後ろで、相馬が言った。

まわりこむと、ササヤブが、とぎれた。頭上に張り出した常緑樹の茂みが濃くなる。松の巨木も枝を伸ばしていた。ほの暗くなる。

小さな古びた祠《ほこら》の前に登り着く。左右の石積みが苔《こけ》むしている。祠の上にも、太い松の枝が張り出していた。

「首吊りに、よさそうな枝ぶりですね」

と、相馬が言った。

「そう言われると、そうですね」

稲葉は、まじめな顔で言葉を返して、

「水難除《すいなんよ》けや大漁祈願の海の神様です。安政《あんせい》年代に奉納されたクジラの頭の骨が入っているそうですがね」

「どれどれ」

蟹沢が、祠の中を覗いて、

「暗くて見えませんな」

そう言いながら、手を合わせた。

稲葉や相馬らも、合掌《がっしょう》する。

「理想郷と言われるだけあって、静かだし、景色はいいし、海も緑も美しい。しかし、この全域を捜索するのは、容易じゃありません。血痕検査の結果を待ちますか」

蟹沢が、稲葉に顔を向ける。

「ま、そういうことになりますね」

稲葉は、合意の表情を見せてから、

「降ります。足元に気をつけてください」

と、声を大きくする。

刑事や鑑識係員らが、一列縦隊で下りはじめる。稲葉と蟹沢、相馬の三人が、しんがりになった。

蔵吉の別荘に帰り着いたときには、もう暮色が濃くなっていた。

勝手口には、立入り禁止のロープが張られている。

車を連ねて、来た道を走り、勝浦署にもどる。

「十分すぎるほどに協力いただいて、ありがとうございました」

蟹沢は、稲葉と和田に頭を下げた。

「景色のいいところを案内していただきまして」

相馬も、おじぎをした。

「このまま、東京へ？」

稲葉が、問いかける。

「はい」

相馬の返事に疲労感はない。

捜査専用車に乗りこむ。

稲葉らに見送られて、勝浦署の駐車場を出た。

ヘッドライトで行く手を照らしながら、国道二九七号を北上する。

3

——翌、一月十九日。

相馬は、出張明けのせいもあって、午前九時半ごろ出署した。

佐藤と久我が、顔を並べている。黒田もいた。

「どうだったかね、鵜原理想郷は？」

待ちかねていたように、佐藤が訊いてくる。

「絶景です。海は太平洋だし、魚も、たくさんいて、よく釣れるそうです」

相馬は、こたえた。

「房総半島が、日本海にあるわけがない。そんなことは、わかりきっている。蔵吉の別荘の血痕や捜査状況を訊いているんだ」

久我が、渋面《じゅうめん》を作って、相馬を睨む。

「係長から聞いてください」

相馬は、自分の席にすわった。

黒田が苦笑をうかべている。

それから間もなく、蟹沢も姿を見せた。

「出張捜査は、どうだったかね？」

さっそく、佐藤が問いかける。

蟹沢は、きのうの捜査状況を、くわしく報告して、

「血痕の形や付着の状態から見て、事件性はないとおもいます。稲葉係長も、そのように見ているようです。念のために、鵜原理想郷を一まわりしましたがね」

「しかし、十七個もの血痕だよ。事件性がないというのは、どういうことかね？」

久我が、腑に落ちない顔になる。

「血痕は円形で、コンペイトウのような形でした。飛んだ血なら、感嘆符のような形になります。びっくりマークです。動脈から噴き出したら、もっと大量になります。あの十七個の血痕は、ポタポタと落ちた滴下痕です」

「たとえば、鼻血のような？」

と、佐藤が訊いた。

「そうだとおもいます。勝浦署は、血痕検査をしております。血痕鑑識の専門家が鑑定すれば、鼻血か、喀血《かっけつ》か、痔《じ》の血か、女性の生理の血か、はっきりします。蚊やノミをつぶした血痕でも、わかるそうですよ」

「へーえ。蚊やノミの血まで、わかるとはねえ」

佐藤が、感じ入った声を出す。

「わたしは、痔でね」

久我が、顔をしかめた。

「痛いんだそうですね」

人のいい相馬は、すぐに同情する。

「うん。飲みすぎたり、辛いものを食べすぎると、だめだね。出血するんだ」

「切れ痔ですね」

と、蟹沢が言った。

稲葉係長から、蟹沢に電話がかかってきたのは、午後二時ごろだった。

「血痕検査の結果が出ました。血液型はB型。付着したのは、四、五日前。鼻血で、静止時滴下痕と歩行時滴下痕ということです」

「リビングのテーブルにすわっていて、鼻血が出たので立ちあがり、洗面所へ歩いたということですね」

「そうです。地取り捜査をしたところ、目撃者が出ました。理想郷の別荘に在住の五十六歳の女性で、十四、十五の二日間、蔵吉の別荘の前に白い乗用車が停まっているのを見かけた、と供述しております。車種やナンバーは、わからないそうです」

「蔵吉は、須麻子の白いカローラで逃走しております。おそらく、その車でしょう」

「すると、鼻血は、蔵吉か須麻子の、どちらかということになりますね」

「これから、たしかめます」

蟹沢は、礼を言って、電話を切った。

蔵吉邸に電話をかける。

勝子が出た。

「奥さん、おられますか？」

「はい。ちょっと、お待ちを」

佐美子に替わった。

「ご主人の血液型を、ご存知ですか？」

「はい。B型です。主人に何か？」

佐美子の声が、不安げになる。

「鵜原の別荘のリビングのカーペットに血痕が付着していたので、検査したところ、血液型B型の鼻血、とわかりました」

「主人は、あそこにいたのでございますね？」

「ええ。十四、十五の二日間の滞在と推測されております」

「いまは、どこに？」

「わかりません。ご主人は鼻血を出したことがありますか？」

「ええ。血圧が高くて、夜中に鼻血を出し、なかなか止まらないので、救急車で病院に運んだことがございます」

「わかりました。また何かありましたら、お知らせします」

「おねがいします」

佐美子が、電話を切る。

蟹沢は、稲葉係長に電話をかけて、いま聞いたばかりの佐美子の供述を告げた。

「これで、蔵吉の鼻血と、はっきりしましたね」

稲葉の声が、あかるくなって、

「こんどは、釣りで、お出かけください」

「事件が決着したら伺います」

「お待ちしてます」

「そのおりには、よろしく」

蟹沢は、受話器を置いた。

いっぽう相馬は、二課の若杉係長に電話をかけた。

「あら、相馬さんから電話なんて、めずらしいですね」

親しげな麗子の声が返ってきて、

「捜査は、どうなの、すすんでますか？」

と、訊いてくる。

蔵吉邸に泊まりこんでの警備の経緯や、鵜原理想郷の蔵吉の別荘へ出張捜査に出かけたことなどを話して、

「曾我野貴一郎は植木屋になっていて、シロでしたが、ほかにも、蔵吉を恨《うら》んでいる者がいるのではないか、そのことが気になっているんです」

「怨恨説なのね」

「そうです。蔵吉は経済犯です。しかし、金銭がらみとは限りません。何かの理由で恨みを買うことだってあります。どんな些細《ささい》なことでも、かまいませんから、蔵吉の身辺で起きたことを調べていただけませんか？」

「相馬さんの、たのみじゃ、断われないわね。調べてみましょう」

「おねがいします」

相馬は頭を下げて、受話器を置いた。

大二郎にも電話をかける。

「あの小亀のこと、何か、わかったか？」

「恭子は、ヤクザじゃないか、と言うんだ」

「前歴を調べたんだが、前科どころか、逮捕歴もないんだ」

「指紋を採られてないヤクザだって、いるんじゃやないの」

「うん。前科のないヤクザもいるからね」

「恭子に、もっと探らせるよ。ところで、鵜原の別荘、どうだった？」

「おまえの言ったとおり、リビングのカーペットに血痕が付いていた。ところが、検査すると、血液型Ｂ型の鼻血とわかった。蔵吉の血液型はＢ型だ」

「すると、蔵吉の鼻血？」

「そういうこと」

「なあんだ、鼻血だったの。はるばる、あんな遠くまで行かせて、わるかったね」

「いや。鵜原理想郷は、いいところだ。久しぶりの海と山でね。気分が、すっきりしたよ」

「あの別荘、どうおもう？」

「金を隠すようなところじゃないね」

「やっぱりね」

「なにが、やっぱりだ」

「敵は本能寺《ほんのうじ》にあり、金は本宅にあり、だ」

「織田信長《おだのぶなが》を知ってるのか」

「会ったことは、ないけどね」

「あたりまえだ」

「あの小亀のこと、何か、わかったら知らせるよ」

「じゃ、たのむ」

相馬は、電話を切った。

捜査本部は、野々山高俊の内偵をすすめていた。妻、登美子とともに、一月二日に蔵吉邸を訪ねていることが、わかった。野々山が経営していたメッキ工場が、埼玉県の所沢《ところざわ》市内にあったのを突き止めて、取引先や元従業員たちを探し当て訊き込みをはじめていた。そして、野々山は競輪が好きで、消費者金融などから多額の金を借りていることも判明した。

飛田の元妻、丸沼雅代の行方《ゆくえ》も追っていた。

4

——一月二十四日。

捜査会議は、午後五時からはじまった。

中藤は、出席しなかった。

所轄《しょかつ》の蟹沢らも、第六係の黒田らも、有力な情報が得られず、捜査が進展しないまま、会議にも活気がなくて、六時ごろにおわった。

二階の会議室を出て、刑事部屋にもどってから間もなく、佐藤の机の電話が鳴った。

佐藤が、受話器を取って、

「は、はい、……はい、……ええっ、……はい、……はぁ、……はい、……」

と、しだいに表情が、きびしくなる。メモ用紙を引き寄せ、ボールペンを手にして、

「はぁ、高輪《たかなわ》の、……十四階、はぁ、はい、わかりました。はぁ、即刻、はぁ、三人ですね、はっ、急行させます、はい」

そう言ってから、受話器を置くと、

「中藤一課長からだ。港区高輪四丁目の〈高輪タワーホテル〉の一四〇七号室で、首吊り死体が発見された。ホトケは、〈クラヨシ〉の専務、朝長雅樹、五十二歳。エアコンの通風口に浴衣《ゆかた》の帯をかけて首を吊っていた。ところが、ホトケを降ろすと、索溝が二本とわかった」

「首吊り偽装殺人ですね」

蟹沢の目が、ギョロッと光る。

「うーん。〈クラヨシ〉の専務か」

久我の口から唸り声がもれる。

「飛田殺しと類似手口だな」

黒田の目にも、光が萌した。

「ああ。一課長も、おなじ見解だ。いま臨場中で、採証と見分の最中だそうだ。ホテルに大勢押しかけては都合がわるいから、黒田係長とカニさん、車の運転はウマさんで急行しろ、という指令だ」

「わかりました」

と、蟹沢が腰をあげる。

黒田と相馬も、立つ。

三人は、この刑事部屋を出た。

駐車場へ走って、捜査専用車に乗りこむ。今宵《こよい》は、シルバーのクラウンである。相馬は、運転席に、蟹沢と黒田は、リアシートに尻を沈めた。

ヘッドライトを点《つ》ける。赤色灯をキラキラと光らせ、サイレンを鳴らして走り出す。

甲州街道へ出て、新宿方向に向かった。右折して下り、国立府中インターから中央自動車道に入る。

高井戸インターから、首都高速四号新宿線に入った。

追越し車線を走る。赤色灯の光とサイレンの音で、先行車が、つぎつぎに走行車線に移っていく。

「高輪四丁目だと、高輪南署《たかなわみなみ》の管内ですね」

行く手に視線をそそいで、蟹沢が言った。

「刑事課の大崎《おおさき》課長は、おれたちの先輩だ」

と、黒田が言葉を返す。

「おたがいに所轄だと、会う機会が少なくなりますね」

「おれも、しばらく会っていない」

「強行犯係の係長は？」

「目黒《めぐろ》という三課にいた男だ。一年ほど前、転勤になってきている」

本部（警視庁）の捜査三課は、窃盗《せっとう》や、偽造紙幣、硬貨などの担当である。所轄署だと、盗犯係になる。

「ところで、朝長とは、会っているんだったね？」

と、黒田が問いかける。

「ええ。〈クラヨシ〉の応接室で会いました。小柄で、ほっそりとしていて、体つきは華奢《きゃしゃ》でしたが、目に光があって、精気も感じました。蔵吉の右腕とも知恵袋とも言われた男ですから、切れ者で、気性も、しっかりしていたんだとおもいます」

「そんな男が殺されるなんて、わからんものだねえ」

「とくに、ホテルでの殺人《コロシ》は、むずかしいですね」

「ああ。不特定多数が出入りしたり、泊まったりするからね」

「指紋も、いろいろですしね」

高速都心環状線に入った。灯やネオンで彩られたビルの谷間を走り抜ける。芝公園《しばこうえん》インターで降りて、桜田《さくらだ》通りを南下する。左折してすすみ、高輪四丁目に入った。

サイレンを止める。赤色灯も消した。
〈高輪タワーホテル〉の前に車を停める。
ドア・ボーイのほかに私服の刑事が二人立っていた。
一人が歩み寄ってくる。
「北多摩署の特捜本部です」
窓を開けて、相馬が告げた。
「地下一階の駐車場に降りてください」
その刑事が、降り口の方向を手で指す。
相馬が、車をまわして、地下一階に降りた。
車を出て、エレベーターで十四階に上がる。
一四〇七号室の前には、四人の私服の刑事がいた。
「よう」
顔見知りらしく、黒田が、そのうちの一人に声をかける。
その刑事が、おじぎをして、軽くドアをノックした。
ドアが開く。
黒田が入る。蟹沢と相馬が、つづいた。

左側に、クローゼットがあった。右側は、バス、トイレになっている。奥へすすむと、ベッドが二つ並んでいた。ベッドの裾《すそ》には、ドレッサー・デスクがあって、壁には、ミラーが嵌めこまれている。椅子は、ベッドのあいだに置かれていた。窓辺には、テーブルセットがあって、窓のカーテンは下りている。

死体は、ドレッサー・デスクとベッドの裾のあいだに横たえられていて、白いシーツでおおわれていた。そして、死体の真上にエアコンの通風口があった。

「やあ、来たか」

と、中藤が声をかけてくる。

高輪南署、刑事課の大崎課長の姿もあった。

「しばらくです」

蟹沢が、頭を下げて、相馬を紹介する。

「ほう。きみが、ウマさんか」

噂を聞いているらしく、大崎が、興味ありげな眼差しを相馬に向ける。

相馬は、だまって、おじぎをした。

黒田が、大崎に会釈をする。

「うちの強行犯係の目黒だ」

大崎が、目黒係長を紹介した。

目黒は、中肉中背で、一見、普通のサラリーマンに見える。グレーのスーツ姿だった。年は四十くらいか。目立たないタイプだが、目つきは、するどい。

「よろしく、おねがいします」

と、腰を折る。

「こちらこそ」

蟹沢は、会釈を返した。

刑事らの見分は、おわったらしく、鑑識係員らが、指紋の検出をつづけている。

「通風口にホテルの浴衣の帯をかけて、吊り下がっていた。通風口の高さは、二・二五メートル。踏み台に見せかけて、足元に椅子が倒れていた。ルーム係が発見したのが、午後五時半ごろだ。首吊りと見て、一一〇番で通報した。所持していた名刺と車の運転免許証から、身元が割れた」

と、中藤が告げる。

蟹沢は、しゃがみこんで、白いシーツを捲《まく》った。

朝長の死体は、あおむけになっていた。面長で鼻が高く、端整な容貌だが、その顔面は、暗紫色を呈して腫《は》れあがっていた。撮影は、おわったのだろう、目は閉じられている。首の正面に索溝があった。側面から二本に分かれている。一本は、耳の付け根の下に上がっていたし、もう一本は、首の真後ろへまわっていた。顔面の色だけでも、絞死とわかる。

「索溝は、首の後ろで交叉《こうさ》している。後ろから、紐状《ひもじょう》のもので絞めたのだろう」

と、中藤が言った。

「朝長に、まちがいないね？」

黒田が、念を押す。

「たしかです」

蟹沢は、きっぱりと言った。

相馬も、朝長の死体を見つめている。

死体は、白いワイシャツにエンジに小紋のネクタイを締めていた。ネクタイの結び目が横にずれて、ワイシャツの襟《えり》の中にめりこんでいる。茶系のスーツを着ている。

蟹沢は、白い手袋の手を、茶系のスーツに当てた。暖房のせいもあるが、着衣までは冷たくなっていない。スーツの袖口《そでぐち》を持って動かしてみる。肩や肘《ひじ》の関節が硬直しているのが、わかる。

「死後四、五時間といったところですね」

「うん」

中藤が、うなずく。

蟹沢は、両手を合わせてから、元どおりシーツをかぶせた。

相馬も合掌する。

「朝長が、この部屋を借りたのですか？」

腰を伸ばして、蟹沢が訊いた。

「いいえ。田島茂《たじましげる》と名乗る男が借りております。きのうの午後五時ごろ、きょうとあした二日泊まりたいのだが、ツイン・ルームが空いているか、という電話の問い合わせがあったので、確認のために、名前と電話番号を訊いたところ、田島と名乗り、いま移動中で、携帯電話でかけている、と言って、番号を告げたそうです。チェックインしたのは、きのうの午後六時十分、急用ができたと言って、チェックアウトしたのが、きょうの午後五時五分とのことです。そして、五時半ごろ、ルーム係が、この部屋に入って、死体を発見しております」

目黒が、てきぱきとこたえる。

「宿泊者名簿の記入は、どうなっていますか？」

「名前は、いま申しあげたように、田島茂、年齢は四十五、職業は会社員、住所は、千葉県木更津市金田《きさらづ かねだ》、となっておりますが、右手の人差し指に包帯を巻いていて、字が書けないからと言って、フロント係に書かせたとのことです」

「筆跡を残していないんですね」

「ええ、そうです」

「住所も、記載されたところに在住しているかどうか、千葉県警に問い合わせております。くわしい捜査は、これからというところです」

「なにしろ、ホテル内での事件だからね。マスコミに大勢押しかけられたりすると、ホテルに迷惑をかけることになる。捜査陣も、本部からの応援を控えて、高輪南署にやってもらうことにする。いずれにしろ、蔵吉がらみの事件だ。事件の発端も根源も北多摩署にある。協力というよりは、合同で捜査をすすめてもらいたい」

と、中藤が指示をする。

「承知しました」

大崎は、中藤から蟹沢に目を移して、

「たのむよ、カニさん」

「横に歩かないようにします」

蟹沢のギョロ目が和む。

——翌、一月二十五日。

午後三時から、北多摩署の二階の会議室で、高輪南署と北多摩署の特捜本部の合同捜査会議が、おこなわれた。

高輪南署からは、大崎課長や目黒係長、強行犯係の刑事たちが出席した。

北多摩署は、いつもの顔ぶれである。

第六係の黒田らも顔をそろえた。

中藤も出席した。

「それでは、ただいまから、合同捜査会議をはじめます」

司会役の佐藤が、いくらか上がりぎみの声で口を切る。

隣りの席では、久我が謹厳な表情を見せていた。

「昨日発生した〈首吊り偽装殺人事件〉について、報告をおねがいします」

「被害者は、〈クラヨシ〉の専務、朝長雅樹、五十二歳。現場は、港区高輪四丁目の〈高輪タワーホテル〉一四〇七号室。エアコンの通風口に浴衣の帯をかけて吊り下がっておりました。死因は絞死。索溝は二本あり、一本は定型的縊死《いし》の索溝、もう一本は、首のまわりを水平に一周していて、首の後ろで交叉しておりました。解剖所見によると、輪状軟骨に骨折が見られるとのことです。死亡推定日時は、昨日、二十四日の午後三時前後となっております」

目黒が、報告する。

「携帯電話で予約したとのことですが、その番号は？」

「かけてみましたが、かかりません。でたらめの番号と、わかりました」

「一四〇七号室を借りたのは、田島茂、四十五歳、会社員で、住所は、千葉県木更津市金田でしたね？」

と、蟹沢が質問する。

「東京湾アクアラインの千葉県側のインターは、木更津金田です。住所は、そのインターの名前を使ったものとおもわれます。田島茂なる男は在住しておりません。当然、偽名と考えられます」

「その男の人相や体格、風体は？」

「フロント係の供述によると、身長は一七五センチくらいで、恰幅《かっぷく》がよく、髪はオールバック、鼻の下に髭《ひげ》を生やしていて、ブルーがかったメガネをかけていたとのことです。紺のスーツ姿だった、と言っております」

「おととい二十三日と、きのう二十四日の二日宿泊の予定でしたね？」

蟹沢が、質問をつづける。

「そうです。ところが、きのうは泊まらないで、午後五時五分にチェックアウトしております」

「ツイン・ルームに、ひとりで泊まったのですか？」

「両方のベッドに使った形跡がありました。検出された毛髪や陰毛の中には、女性のそれも、まじっております」

目黒が、こたえる。

「一四〇七号室に出入りする女を見かけた者はいますか？」

「いいえ、おりません」

「指紋の検出は？」

「三十数個が検出されております。照会したところ、前歴者はいません」

「田島なる男は、ホテルで食事をとりましたか？」

「いいえ。ルーム・サービスも取っていないとのことです。ルーム・キーは、チェックインのときに渡したきりで、チェックアウトのときに受け取ったそうです」

「宿泊費の支払いは？」

「チェックアウトの際、キャッシュで払っております」

「朝長が、一四〇七号室に入るのを見かけた者は？」

「それも、おりません」

「クラヨシビルは、西新宿一丁目にありますね？」

「ええ。朝長専務秘書の、上原優子《うえはらゆうこ》、二十八歳から事情を聴取しました。専務直通の電話があって、朝長自身が出ることになっているそうです。きのうの午後二時ごろ、朝長が、電話を受け、そのあと、ちょっと出かけてくると言っただけで、行き先を告げずに出かけたとのことです」

「〈高輪タワーホテル〉へ呼び出されたのですね」

「そうだとおもいます」

「朝長専用の電話を知っていて、呼び出したとすると、よほど親しい、だれか、ということになりますね」

「うん。カニさんの言うとおりだ」

と、中藤が口を出す。

「どうかね。田島なる男は、蔵吉本人と似てないかね？」

佐藤が、蟹沢に目を向ける。

「蔵吉は、鬢《びん》のあたりに白髪があります。かりに染めたとしても、年は六十三です。

三つ四つは若く見えますが、とても四十五には見えません」

「うーん。いったい、だれに呼び出されたのかねえ」

と、久我が唸っている。

「蔵吉の株券詐欺事件、飛田の首吊り偽装殺人事件、蔵吉邸の青酸カリ入りビール殺人事件などについては、蟹沢係長が報告いたします」

佐藤が、あらたまった口調になって、声を大きくする。

蟹沢は、それらの事件の経緯を、くわしく報告した。

「蔵吉は、〈美浜建設〉の株券、九十億円をパクった。飛田は、それを七十億円で売って、口を封じられている。朝長は、その大金の流れを熟知しているものと見られて、何度も事情聴取を受けている。やはり、口封じのために殺されたと見るべきだろうね。首吊り偽装は類似手口だからね」

と、大崎が口を開いた。

「田島なる男と強いて似ているといえば、〈クラヨシ〉の取締役、総務部長の陣野武司、四十七歳です。身長は一七五センチくらい、腹のあたりに贅肉《ぜいにく》が付いていて、恰幅のいい男です。髪を七、三に分けて、きれいに撫でつけていましたがね」

と、蟹沢が言う。

「そりゃ、似ているよ。年格好も。髪をオールバックにして、色付きのメガネをかけ、鼻の下に髭を付けたら、ぴったりじゃないか」

と、中藤の声が大きくなる。

「しかし、ふたりは、おなじ会社内にいたんです。フロアも、おなじ一階です。役員どうしですから、いつも顔を合わせていたはずです。話し合いなら社内でできます。陣野がホテルを借りて、朝長を呼び出すなんて、おかしいとおもいます」

相馬が、はじめて口を出した。

「うん。ウマくんの言うとおりだがね。しかし、役員どうしでも、仲がいいとは、かぎらない。蔵吉は命をねらわれている。死ねば、どちらが社長になるか、そういう争いだってあるんだからね」

「そうです。一課長の、おっしゃるとおりです」

久我が、ヨイショという感じで、

「会社内部の捜査が必要です」

「類似手口から見て、株券詐欺事件との関連性が濃厚だと考えます」

と、大崎が語気を強める。

「たとえば、ですけど」

鴨田が発言する。つづけて、

「朝長と陣野が、ひとりの美人社員に惚《ほ》れたとします。すると、三角関係になります。その美人社員を独占するための犯行という線もあるんじゃないですか」

「そんな次元の低い問題じゃない」

久我が、ぴしゃっと言った。

「三角関係の清算は、意外と多いとおもいますけど」

と、鴨田が言い返す。

「自分の頭の中でも、清算しなさい」

久我が、鴨田を睨んで、決めつける。

「まあまあ……」

司会役の佐藤が、とりなすように口を出して、

「捜査方針を、おねがいします」

「口封じと見て、一連の事件の掘り下げ、朝長の身辺と交友関係、〈クラヨシ〉内部の人事関係、ホテル内の訊き込みなど、これらの捜査をすすめてください」

中藤が、指示を出す。

「これをもちまして、本日の捜査会議をおわります」

佐藤が、しめくくる。

「あのう……」

と、相馬が言い出した。

「なんだね、ウマくん」

「住所も携帯電話の番号も、でたらめで、当然、偽名です。筆跡も残しておりません。計画的な犯行です」

「たしかに、そうだね」

中藤が、相馬の言葉を受ける。

「朝長は、信頼している、だれかに呼び出されたからこそ、〈高輪タワーホテル〉へ出向いたものと考えられます。そして、朝長が、いちばん信頼していたのは、蔵吉だとおもいます」

「しかし、田島なる男は、蔵吉に似てないんだよ。年齢的にもちがうし……」

相馬の言葉をさえぎるように、久我が口を入れる。

「田島なる男は、いまのところ、だれか、わかりません。しかし、その男を使って、一四〇七号室を借りさせ、その部屋に、蔵吉が潜伏していたという可能性なら考えられます。蔵吉からの電話だったら、朝長は出向くでしょう」

「ウマくんの推理どおり、一四〇七号室に、蔵吉が潜伏していたとしよう。しかし、朝長を殺す動機があるのかね？」

「朝長は、二課に何度も事情聴取を受けておりますが、蔵吉の不利になることは、いっさい、供述しなかったそうです。しかし、公判はちがいます。証人として出廷し、宣誓した場合、虚偽の陳述をすれば、偽証罪になります。九十億から七十億円という巨額の詐欺事件です。蔵吉は実刑を免《まぬが》れないでしょう。社長の座を追われることになります。次期社長をねらう専務の朝長にとっては、偽証罪になるより、真実を供述したほうが、わが身のためです。蔵吉にしてみれば、法廷で真実を述べられたら困るわけです。蔵吉から、九十億円の株券を借りたとされる石橋鉄雄は失踪したきり、いまだに行方不明です。すでに殺されているとすると、蔵吉は殺人にまで関与している可能性があります。朝長の陳述しだいで、それが、はっきりすることになります。口封じが考えられます」

「うん、なるほど。やっぱり、一馬身先を走っているようだね」

中藤は、相馬に、うなずいて見せてから、

「蔵吉の行方も追ってください」

と、また指示を出す。

「これにて、本日の捜査会議をおわります」

佐藤が、もう一度、しめくくった。

相馬が、刑事部屋にもどると、おりよく、机の電話が鳴った。

「はい、相馬です」

「若杉です」

相馬にとっては、うれしい声である。

「は、はい」

おもわず、声がはずむ。

「蔵吉の身辺で起きたことですけれどね」

「何か、わかりましたか？」

「蔵吉自身が、四年ほど前に、八王子市内で交通事故を起こしています。蔵吉の車の側面にトラックが衝突したんだそうです。運転していた蔵吉は軽傷でしたが、助手席の女性は死亡しております。女性は、〈クラヨシ〉の社員で、江草百合子《えぐさゆりこ》さん、当時二十五歳です。モーテルからの帰りという噂もあったそうです」

「モーテルというと、車ごと入るラブホテルですね？」

「ええ」

「蔵吉は、江草さんと肉体関係があったということですね？」

「そうだとおもいます。いずれにしろ、自分の会社の女性社員を死なせたことになります。遺族は悲しんだでしょうし、蔵吉を恨んだでしょうね。対応いかんでは、憎悪を買うことにもなりかねません」

「二十五の若さで娘に死なれたら、親は、つらいですよ。蔵吉を恨んで当然です」

「怨恨の線にもなりますものね。いま、江草さんの遺族を探しているところです」

「おねがいします」

相馬は、受話器を持ったまま、深く頭を下げて、おでこを机にぶっつけた。

「だれからの電話だね？」

興味ありげに、佐藤が問いかける。

久我や蟹沢、鴨田らも、相馬を見つめた。

「二課の若杉係長です」

「なるほど。しかし、テレビ電話じゃないんだからね。額を机に打ちつけるほど、おじぎをしても、相手には見えないんだよ」

「誠意は通じるとおもいます」

「いくら惚れても、男は、やたらに女に頭を下げるものではない」

もっともな顔で、久我が言った。

「代理は、奥さんに頭を下げないんですか？」

と、相馬が訊いた。

「うむ」

久我が、顎を引く。

「尻に敷かれた体勢では、頭の下げようがない、とおもいますけど」

言わなくてもいいのに、鴨田が言った。

いつもの調子で、久我が、しぶい顔になって、鴨田を睨む。

佐藤は、笑いをこらえて、口をへの字に結んだ。

相馬は、携帯電話を持って、この刑事部屋を出た。二階へ上がって、ふたたび会議室に入る。だれもいなくて、がらんとしている。

大二郎に電話をかける。

「小亀のこと、何か、わかったか？」

「あれからも、〈宵待草〉に来てるそうだ。おれは顔を合わせていないんだけどね。恭子の話によると、これまで一度も喧嘩に負けたことがなかったのに、あの刑事にやられた、あいつは強いと、えらく感心しているそうだ。単細胞なんだね。酔っぱらって、おれは大友連合だ、と啖呵《たんか》を切ったんだそうだ。すると、宏美さんが、いいかげんなこと言っちゃ、だめと叱《しか》りつけたんだって……」

「大友連合の何組とは言わなかったんだね？」

「うん。宏美さんに叱られて、だまってしまった、と恭子は言っている。小亀は、宏美さんの言うことを、よく聞くそうだ」

「宏美さんは、小亀の兄貴分の情婦《おんな》じゃないのか」

「そうかもね」

「宏美さんが、〈飛田商会〉に勤めていたとき、飛田が殺された。飛田の死体をカーペットで、グルグル巻きにして運び出した二人組の一人が、大男と目撃されている。小亀も大男だし、宏美さんと関係がある」

「すると、小亀が、犯人の大男ということ？」

「やっぱり、おまえは頭がいいよ」

「頭の中にコンピューターが入っているからね。ウマさんは脳味噌《のうみそ》だろ」

「ああ、信州味噌だ」

「小亀は、前科前歴がなかったんだね？」

「そう、指紋も採られていない。ところが、〈飛田商会〉の社長室から、宏美さんの指紋のほかに三個の指紋が検出されている。大きさから見て、男の指紋と推定されているが、照会しても該当する指紋はなかった」

「その三個の指紋が、小亀の指紋ということ？」

「その可能性があるわけだ。恭子さんにたのんで、小亀の指紋を採ってくれないか。宏美さんに気づかれないようにしてね」

「ママも、ウマさんが来てくれてから、おれと恭子を信用してるよ。ママにも協力してもらって、やってみるか」

「たのむ。おまえが、たよりだ」

「ウマさんにたのまれたんじゃ、たとえ、火の中水の中でも……」

「ついでに、他人の家の中でもか」

「もう一度、蔵吉邸に泊まりこんでくれない？」

「まだ、わからないのか？」

「ああ、捜索中だ」

「〈クラヨシ〉の専務の朝長が殺されたよ」

「そのことなら、新聞やテレビで見た。飛田とおなじように首吊り偽装殺人だね」

「うん。恭子さんは、〈クラヨシ〉の社員だ。社内の様子は、どうなのか、訊き出してくれ。いい声で泣かせているんだろ」

「ウグイス嬢だもんね。くすぐると、ケキョ、ケキョって、かわいい声を出すんだ」

「そのうち、ホ、ホーって泣くようになるよ」

「うん。たのしみにしてるんだ」

「とにかく、たのむ」

「ああ。じゃ、ね」

大二郎が、電話を切る。

このあと、新宿柏木署の市川にも電話をかけた。

「大友連合は、広域組織暴力団で、一都六県に縄張りを持ち、傘下に八団体をかかえているんだったね？」

と、単刀直入に念を押す。

「ああ、そうだ。こんどは、金渕組じゃないんだね？」

察しよく、市川の声が返ってくる。

「うん。大友連合とだけ、わかっているんだ。小亀勇、三十三歳。坊主頭の大男だ。歌舞伎町で渡り合ったんだが、かなり手強《てごわ》かった。相撲をやってたんだとおもう。前歴を照会したんだが、逮捕歴すらなくてね。本人の口から、大友連合の名前は出たが、組の名前は、わからない。小亀が、どこの組の、どういう男なのか、調べてもらいたいんだ」

「犯歴のない準組員もいるからね。それに、ちかごろは、隠れた企業舎弟《しやてい》も多くなってね。調べてみるよ」

「どうやら、小亀が、事件解決の糸口になりそうなんだ」

「よし、わかった」

「じゃ、たのむ」

相馬は、受話器を置いた。

保釈の男

1

電話が鳴った。

相馬が、受話器を取る。

一月二十六日の午前五時二十分だった。

このとき、この刑事部屋にいたのは、相馬と鴨田、盗犯係の田畑係長と川口刑事だけであった。

四人とも宿直である。

「はい、刑事課です」

「中藤だ」

「あっ、一課長ですか」

相馬の声が、あわてぎみになる。

「ウマくんか?」

「はい」

「兵庫県警本部から通報があった。淡路島《あわじしま》、洲本《すもと》市古茂江港《こもえみなと》ヨットハーバー近くのリゾート・マンション〈ブループレジデント〉の十一階のベランダから、きょう、午前二時ごろ、蔵吉が飛び降りて死亡した。救急車を要請したのは、八潮須麻子、三十歳。午前三時半ごろ、死亡が確認されている。蔵吉は、証券詐欺《さぎ》事件の被告で保釈中だし、今回の一連の事件の重要参考人だ。飛降り自殺は疑問におもえる。そこで、兵庫県警に現場保存をおねがいした。洲本署にも、直接、電話で依頼しておいた。洲本署の担当は、強行犯係の飯島《いいじま》係長だ。こちらからは、カニさんとウマくんに行ってもらう。このことも電話で連絡ずみだ。カニさんには、わたしが知らせる」

中藤が、てきぱきと告げて、

「仮眠を、とったかね?」

「はい、大丈夫です」

「それでは、いまから一時間後に、カニさんの自宅へ迎えに行き、そのまま、淡路島へ走ってもらいたい」

「はい、わかりました」

「無理をしないように気をつけるんだよ」

「はい」

相馬は返事をして、受話器を置いた。

この電話の内容を、鴨田や田畑、川口らに話す。

「へーえ。蔵吉が死んだのか」

田畑が、意外といった声を出す。盗犯係も捜査に駆り出されるから、事件の経緯を、よく知っている。

「突き落とされたんじゃないのかな」

と、鴨田が言った。

相馬は、この刑事部屋を出て、宿直室に入った。バッグに洗面用具や着替えを詰める。そのバッグと黒の革ジャンを持って出る。駐車場へ歩いて、捜査専用車に乗りこむ。白のクラウンである。

携帯電話で、蟹沢を呼び出す。

「ああ、支度はできた。団地の入口で待っている」

「これから出ます」

エンジンをかけ、ヘッドライトを点《つ》けた。赤色灯も点ける。サイレンは鳴らさずに走り出す。国立市内に入り、富士見台団地の入口で、蟹沢を乗せた。

蟹沢が、ボストンバッグとコートをリアシートに置いて、助手席にすわる。

甲州街道へ出て、新宿方向に向かう。

「蔵吉が、飛降り自殺をするなんて考えられないね」

行く手に顔を向けて、蟹沢が言った。

「朝長も殺されましたしね。やっぱり口封じでしょうか」

「命をねらわれていたのは、たしかだね。晩酌のビールに青酸カリを入れられたんだからな」

右に折れて、国立府中インターから中央自動車道に入る。

午前六時三十分だった。

ヘッドライトを消した。赤色灯は、キラキラと点けたままにしておく。

多摩川を渡って、八王子料金所を通過する。小仏《こぼとけ》トンネルを抜ける。雲間から薄陽が射しはじめた。東京に向かう上り車線は車が多いが、こちらの下り車線は空いている。それでも、赤色灯を光らせながら追越し車線を走ると、先行車が走行車線に移っていく。

「腹の虫は大丈夫か？」

「一課長から電話を受ける前に、カップラーメンを食べましたから」

大月《おおつき》ＪＣＴを走り抜けて、新笹子《しんささご》トンネルをくぐった。

「家族にも知らせたんでしょうね」

「当然、知らせるよ。奥さんの佐美子さんと、娘の里奈さんは、宮下の運転で駆けつけるんじゃないかね」

「それにしても、淡路島とは、意外でしたね」

「蔵吉は、クルージングをやる。ヨットハーバーの近くだそうだから、リゾート・マンションを買ってたんだろう」

甲府昭和《こうふしょうわ》インターを通過した。

「やっぱり、腹の虫が鳴き出しました」

「じゃ、朝飯にするか」

双葉《ふたば》サービス・エリアに入る。

七時五十五分だった。

風がなく、冷気が、しっとりとしていて、駐車場に霜が降りている。

レストランに入った。

蟹沢は、朝粥《あさがゆ》定食を、相馬は、腹の虫の要求で、朝っぱらから、ヒレカツ定食を腹におさめた。

連れションをして、ふたたび乗りこむ。本線にもどって走り出した。

諏訪湖《すわこ》を右に見て、岡谷《おかや》ＪＣＴから南下する。阿智《あち》パーキング・エリアを通過したのは、十時十分だった。八四八九メートルの恵那山《えなさん》トンネルを抜けると、灰色の雲が低くなった。小牧《こまき》ＪＣＴから名神《めいしん》高速道路に入る。関ヶ原《せきはら》インターあたりから雨になった。ワイパーを動かす。

「はるばる来ると、天気が変わるね」

「里奈さんの涙雨ですかね」

行く手の路面の雨足に目をそそぎながら、相馬が表情を翳《かげ》らせる。

「何人も死んだねえ。まず、飛田。コソ泥の真坂、朝長と蔵吉、蔵吉が、〈美浜建設〉の株券を貸したという石橋も失踪《しっそう》したきりだ。おそらく死んでいるだろう。株券の売却を飛田に依頼した横塚も交通事故で死んでるしね」

「石橋のホトケは出てませんが、六人になりますね」

「うん。株券の売り値が約七十億円。大金がからむと、それも不正な金だと、連鎖反応のように殺人も生じるんだね」

「金に縁がなくても、元気でいるほうが、いいですね」

「そうそう。食いたいだけ、食える金があれば、それで、よしとしなくちゃね」

「着るものも、着てますしね」

「もっとも、若い女の裸は、いいもんだがね」

「あれだって、着るものが、ないわけじゃありません」

「そりゃ、そうだが、女は脱ぐと金になるんだね。ヌード写真を出版する女優もいるからね」

「男で、裸になって金になるのは、相撲《すもう》取りくらいですね」

吹田《すいた》ＪＣＴから中国《ちゆうごく》自動車道に入る。午後一時二十分だった。しだいに小雨になり、神戸ＪＣＴから山陽《さんよう》自動車道に入るころには、雨が上がった。

三木《みき》ＪＣＴから南下して、神戸《こうべ》淡路《あわじ》鳴門《なると》自動車道に入る。青空が覗《のぞ》いて、薄陽が射してきた。

「晴れてよかった。屋外の採証は雨に祟《たた》られるからね」

蟹沢が、ほっとした声を出す。

道路が新しくて、車が少ない。トンネルが多くなった。戸《と》田《だ》、三《み》津《つ》田《だ》、丹生山《たんじようさん》トンネルを抜ける。布施畑《ふせはた》、高塚山《たかつかやま》、そして、三二五〇メートルの舞子《まいこ》トンネルをくぐり抜けると、ぱっと、視界が開けた。世界最長の吊橋、三九一一メートルの明石海峡大橋《あかしかいきようおおはし》にかかる。

「おおっ。右が瀬戸内海で、左が大阪湾か」

蟹沢のギョロ目が、かがやいて、

「見ろ見ろ。船が何隻もいるよ。あの白くて大きいのは、フェリーじゃないか。貨物船もいるよ。小さいのは釣り船かね」

「見られませんよ。運転しているんだから」

そうは言うものの、相馬が、スピードを落とす。

橋の両側には、太いケーブルが連なり、行く手には、高さ二九七メートルの橋塔が、そそり立っている。はるか足下には、青い海の広がりがあった。いろんな船の行き交いが望まれる。

パトカーがいて、停まって見物する車を規制している。

「波立ちはあるが、渦を巻いていないね」

「渦潮は鳴門《なると》海峡じゃないですか」

この大橋を渡り切る。

「腹ごしらえをしていくかね」

「さっきから、腹の虫が鳴いてます」

午後二時をまわっていた。

淡路サービス・エリアに入る。

「橋も、でかいが、駐車場も広いねえ」

と、蟹沢が嘆声をあげた。

駐車台数、約一〇〇〇台の広大な駐車場である。観光バスや乗用車などが、建物の近くに集中して停まっている。相馬も、トイレの近くに車を停めた。

レストランに入る。

ふたりは、「たらいうどんと蛸飯御膳《たこめしごぜん》」を腹におさめた。そのあと、相馬は、スナック・コーナーで、タコ入りいなりずしを三個、腹の虫に食わせた。

車にも、ガソリンを食わせて、本線にもどり走り出す。東浦《ひがしうら》インターを通過して、仁井《にい》トンネルを抜けた。

「島なのに、意外と山が多いな」

蟹沢が、窓の外を眺めやる。

低い山のあいだを通り抜け、森や田畑の中を走っていく。北淡《ほくだん》インターをすぎると、はじめて右手に海が覗いた。瀬戸内の播磨灘《はりまなだ》である。青い海面が銀色をおびて照り映えている。ふたたび、森や田畑の中に入った。

洲本インターで降りて、国道二八号をすすむ。洲本川を渡って、川ぞいに走っていった。洲本橋で渡り返して、市街に入る。

兵庫県警、洲本警察署の前で車を停めた。

2

洲本署刑事課の、秋山《あきやま》課長と飯島係長が迎えてくれる。

秋山は、蟹沢と同年輩で、小太りだった。丸顔で柔和《にゅうわ》な感じがする。飯島は、肩幅があって、がっしりとした体軀《たいく》だった。日焼けしていて、血色がよく、精気があった。年は四十半ばか。

「検視は、どうでした？」

と、蟹沢が問いかける。

「十一階のベランダは、高さが約三三メートルあります。そこから落下したわけですから、全身打撲と頭蓋骨の破裂骨折で即死状態ということです。落下時点では、地面で、あおむけになっていたそうです」

　飯島が、こたえる。

「着衣は？」

「ブルーのパジャマです」

「飛び降りた時刻は？」

と、蟹沢が訊《き》く。

　相馬は、だまって、飯島に目を向けている。

「同宿していた八潮須麻子の供述によると、午前二時ごろとのことです。おなじマンションの居住者も、午前二時ごろに、はげしい物音を聞いております。救急車が出動したのは、午前二時十三分。救急隊員からの通報で、うちの署員も出動しました。病院へ運んで、医師が死亡の確認をしたのが、午前三時半ごろです。八潮の口から、蔵吉大吾と名前がわかり、九十億円もの証券詐欺事件の被告で、保釈中と判明したので、即刻、県警本部に報告しました。蔵吉が関連する事件の概要は、警視庁からファックスで、もらっております」

　飯島は、はきはきと言って、

「現場保存ということは、たんなる飛降り自殺ではなく、他殺の可能性もあるということですね？」

「そうです。いま、須麻子は、どうしていますか？」

「現場のマンション〈ブループレジデント〉の一一一五号におります。十一階建ての最上階の部屋です。いちおう保護という名目で、婦警二名が付いております」

「蔵吉の遺族は？」

「まだ到着しておりません。遺族の確認をとってから、解剖にまわす予定ですので、ホトケは霊安室に安置してあります」

「おがませてもらいます」

「どうぞ」

飯島と秋山、蟹沢と相馬の四人は、この応接室を出た。

霊安室に入る。

正面に祭壇があった。白い菊の花が飾られている。その前に木製の台があって、白木の棺《ひつぎ》が載っていた。線香の香りが漂っている。

飯島が、手を合わせてから、棺の蓋《ふた》をずらした。

蟹沢と相馬が覗く。

顔は、あらわだが、首から下は白布でおおわれている。顔面は土気色《つちけいろ》を呈していた。鬢のあたりの白い頭髪は、後頭部へ撫でつけられている。頬《ほお》の肉が落ちて、顔が小さくなっていた。そのせいで、鼻と口が、いっそう大きく見える。目を閉じていた。口も閉じている。

「蔵吉ですか？」

秋山が、たしかめる。

「まちがいありません」

蟹沢は、はっきりとこたえて、閉じた唇《くちびる》に目を留めた。その目が、ギョロッと光る。

唇のまわりは、普通の皮膚だが、唇、つまり紅唇は、口腔内面の粘膜が、外気にさらされる外面まで捲《めく》れ出して形成されている。その上唇正面の粘膜の一部が、剝《は》がれて傷状になっていた。

「落下したとき、地面で、あおむけになっていたんでしたね？」

蟹沢は、念を押した。

「そうです」

と、飯島が言葉を返す。

「上唇に剝離《はくり》したような傷がありますね」

「ええ、あります。貼り付けたものを、剝ぎ取ったときに生じた傷だとおもいます」

「そのとおりです。紅唇に、これとおなじ傷を見たことがあります」

蟹沢は、飯島に目を向けた。

「粘着テープですか？」

「断定できませんが、おそらく、そうでしょう。口のまわりから粘着剤が検出されたら、はっきりします」

「他殺の線が濃厚になりましたね」

飯島が、そう言いながら、棺の蓋を元にもどした。

「落下地点一帯の捜索と、マンション室内の指紋の検出を、おねがいします」

と、蟹沢の声に力がこもる。

「捜査員や鑑識係員は、すでに現場に待機させてあります」

飯島も、語気を強めた。

「遺族の方との応対もありますので、わたしは署に残ります」

と、秋山が告げる。

霊安室を出て、廊下をすすみ、玄関を出た。署の前の駐車場から洲本城が望まれる。

「あ、お城ですね」

相馬が、足を止めて、あおぎ見る。

「天守閣だな」

蟹沢を見あげた。

「石垣と本丸跡は、いまも残っておりますが、天守閣は、昭和三年に復元しました。修復したばかりで、きれいですがね。標高一三〇メートルの三熊山《みくまやま》の山頂にあって、大阪湾から紀淡《きたん》海峡まで一望できます」

と、飯島が説明する。

青い空と山の緑が、天守閣の白壁を引き立たせている。

飯島が、パトカーに乗りこんだ。

蟹沢と相馬も、車にもどる。

パトカーの先導で走り出した。

海水浴場のある大浜《おおはま》公園へ出て、松林ぞいに洲本南淡《すもとなんだん》線を南下する。洲本温泉に入った。ホテルや旅館のあいだを走りぬけると、視界が開けた。右手には懸崖《けんがい》が連なっているが、左手は足元から海が広がっていた。そのまま南へすすむと、また、洲本温泉の看板があった。海辺にホテルや旅館が点在している。

その先で左折して、リゾート地区に入る。風景が一変した。

歩道の際に植込みがあって、いかにも南国らしく棕櫚《しゅろ》の街路樹が、きれいに並んでいる。瀟洒《しょうしゃ》なリゾート・マンションが建ち並んでいた。左手のマンションとホテルのあいだの駐車場から、ヨットハーバーが見えた。陸置きのヨットやプレジャーボートなどが、船台に載って、美しい船体を並べている。桟橋《さんばし》にも、クルーザーやヨットが船腹を接するように係留されていた。大型のクルーザーが、白く優雅な船体を見せている。

「ほう。まるで、ハワイか南欧みたいだな」

「行ったことが、あるんですか？」

「いや、絵はがきや、写真で見ただけだがね」

この道路の行き止まりが堤防になっていた。堤防ぞいに道が延びている。右へまがると、その先に、リゾート・マンション〈ブループレジデント〉があった。外壁は淡いブルーに彩られ、全室の窓とベランダが海に面している。

堤防に寄せて、パトカーや捜査専用車、ワゴン車や鑑識車などが停まっている。

先導のパトカーが停まって、飯島が降りる。その後ろへ停めて、蟹沢と相馬も車を出た。

〈ブループレジデント〉と、堤防ぞいの道路のあいだは、一〇メートルほどの幅の緑地帯になっていた。小さな松の木が並んでいる。芝生もあった。

その一階のベランダ寄りに、立入り禁止のロープが張られていて、制服の警官二名が立っていた。

「ここが、落下地点です」

歩み寄って、飯島が告げる。

蟹沢と相馬は、目を落とした。

芝生と土の切れ目だった。土が円形に陥没していて、その部分が頭部とわかる。土に血痕が染みていた。臀部《でんぶ》とおもわれる陥没個所もあった。

刑事や鑑識係員らが、つぎつぎに車から降りてくる。

「他殺の線が濃厚になった。捜索と採証を、ぬかりなくやってください」

飯島が、声を大きくして指示をする。

蟹沢と相馬は、顔を上に向けた。最上階を見あげる。

「シーズンオフなので、居住者がいるのは、四部屋だけです」

飯島が、そう告げて、マンションの玄関に入る。

蟹沢と相馬は、つづいて、エレベーターに乗りこんだ。十一階で降りて、廊下をすすみ、一一一五号室の前で足を止める。表札は出ていない。

飯島が、インターホンのボタンを押した。

「どなたですか？」

女の声が訊いてくる。

「わたしだ、飯島」

「はい」

返事がして、ドアが開き、四十がらみの婦警が姿を見せる。白い手袋をはめていた。

「どうぞ」

靴を脱いで上がり、奥へすすむ。

キッチンのわきを通って、リビング・ルームに入った。十畳ほどの広さで、ベランダに面した窓に、白いレースのカーテンが下りている。

ソファーに、八潮須麻子と若い婦警が、すわっていた。

飯島が、蟹沢と相馬を紹介する。

四十がらみの婦警は山田《やまだ》、若い婦警は井波《いなみ》、それぞれ名乗って頭を下げる。

蟹沢と相馬は、テーブルをはさんで、須麻子と向かい合った。

飯島、山田、井波も、すわる。

須麻子は、額の中ほどで髪を左右に分けて、赤いセーターの肩に垂らしていた。目が大きくて、高い鼻をしている。唇は、小さめだった。顎《あご》も首も細くて、体つきもほっそりとしている。か弱くて、薄幸な感じがする。

「蔵吉さんと、東伊豆へゴルフに出かけましたね？」

蟹沢が、おだやかに質問をはじめる。

「ええ」

「いつでしたか？」

「一月六日でした」

須麻子は、目の下を黒ずませている。

「つぎの七日は、どうしました？」

「パパの……」

と、須麻子は言ってから、

「社長の家で……」

と、言いなおして、

「泥棒が、青酸カリ入りのビールを飲んで死んだのを、テレビで知りました。それで、社長が、しばらく身を隠すと言い出したんです」

「それで、どうしました？」

「いったん、東京へもどって、社長のポルシェは目立つので、わたしの車に乗り換えました」

「乗り換えてからは？」

「横浜のホテルで泊まりました。それから名古屋や大阪、神戸などのホテルを泊まり歩きました」

「蔵吉さんは、ビールに青酸カリを入れたのは、だれだか知っているようでしたか？」

「身内の者らしいとは、言ってました」

「鵜原理想郷の別荘へ行きましたね？」

「ええ」

「いつでした？」

「二日いました。十四日と十五日だったとおもいます」

肩を落とし、うなだれて、須麻子がこたえる。

「別荘で、何かありましたか？」

「社長が鼻血を出しました。血圧が上がってたんです」

「病院へ行きましたか？」

「いいえ。降圧剤を飲んでました」

「鵜原を出てからは？」

「しばらく、西伊豆のホテルにいました」

「その後は？」

「神戸の三宮《さんのみや》のホテルにいて、それから、ここへ来ました」

「ここは、蔵吉さんのマンションですか？」

「ええ」

「ここへ来たのは？」

「二十日でした」

「一週間いたことになりますね？」

「はい」

「どうして飛び降りたんでしょうね？」

「わかりません」

と、須麻子の声が小さくなる。

「そのとき、あなたは、どうしてました？」

「寝ておりました」

「寝室を見せてもらえませんか？」

「どうぞ」

須麻子が腰をあげた。先に立って隣りの部屋に入る。

蟹沢や相馬、飯島らも、つづいて入った。

八畳ほどの洋間だった。ガラス戸は、ベランダに面していて、ここにも、白いレースのカーテンが下りていた。壁際を枕にして、ベッドが二つ並んでいる。両方とも、シーツやベッドカバーが乱れていた。

「蔵吉さんは、どちらですか？」

「窓寄りです」

須麻子が、ちらっと窓に目をはしらせる。

蟹沢は、白い手袋をはめた。カーテンを開け、ガラス戸を開けて、ベランダに出る。相馬と飯島も出た。

ベランダの欄干《らんかん》は、蟹沢の胸ほどの高さだった。欄干の手摺《てす》りには、直径七センチほどの金属製のパイプが取り付けられている。

「このパイプを、つかまないことには、欄干を越えられませんね」

と、蟹沢が言う。

「パイプの指紋が、重要になりますね」

飯島は、蟹沢に首をまわした。

茫洋《ぼうよう》たる海原は陽が陰って、濃い藍色《あいいろ》を呈している。

リビングへもどった。

「きのうの晩の、蔵吉さんの様子は、どうでした？」

と、蟹沢が質問をつづける。

「いいえ、べつに……」

「イライラしていたとか？」

「イライラというか、最近、あまり機嫌がよくありませんでした」

「ふさぎこむようなことは？」

「怒りっぽくなってました。お酒の量も増えて。……きのうの晩も、スコッチを一本空けました。十一時ごろ、ベッドに入ると、すぐに鼾《いびき》をかきはじめました」

「あなたも、いっしょに寝室に入ったのですね？」

「片付けものをしてから入りました。鼾を聞いているうちに眠ってしまって、ドスンという地響きのような大きな音で目を覚ましたんです。すると、隣りのベッドに社長がいないし、ガラス戸が開いたままだったので、飛び起きて、ベランダへ出ました。下を見ると、社長が落ちていたんです。あわてて飛び出し、エレベーターで降りて駆け寄りました。呼びかけても返事しないし、ぐったりしたままでした。ベランダに出てくださった人がいたので、救急車を呼んでくださいと、たのみました」

「あなたが飛び出したとき、玄関のカギは、かかってましたか？」

「ええ」

「遺書は？」

「ありません」

「書きなぐったようなメモは？」

「それも、ありません」

「横浜や名古屋、大阪、神戸のホテルや、鵜原の別荘など、あなたの車で移動して、泊まり歩いていたわけですね？」

「ええ」

「いつ帰る、と言ってましたか？」

「つぎの公判には出て、シロクロを、はっきりさせる、そんなことを言ってました」

「以前、このマンションに来たことがありますか？」

「いいえ、はじめてです」

「蔵吉さんが、このマンションを持っていたのを知ってましたか？」

「いいえ」

「このマンションを知らなくて、連れてこられたんですね？」

「ええ」

須麻子が、こたえて、顔をふせる。

「飛び降りた動機は、わからないということですね？」

と、飯島が問いかける。

「スコッチを一本空けています。酔っぱらって、発作的に飛び降りたのではないでしょうか」

須麻子は、顔をあげて、飯島を見た。

「いちおう調べます。室内の捜索もしますので、あなたの指紋も必要になります。協力してもらえますね？」

「はい」

須麻子が、また顔をふせた。返事が小さくなる。

3

この二十六日は、飯島係長の紹介で、洲本市内の民宿に泊まった。

蟹沢と相馬は、夕食の、カレイの唐揚げや、タイのアラ煮、オコゼの薄造りなどに舌鼓《したつづみ》を打った。

「うーん。このオコゼは、フグより、うまいですね」

と、相馬は唸《うな》り声をもらした。

そして、アツアツのアワビのステーキが運ばれてきたときには、感涙の涙の代わりに、ヨダレを垂らした。

――翌、二十七日。

早く押しかけては失礼だし、遅いほうが、捜査の結果も出ているだろうという蟹沢の配慮で、洲本署に顔を出したのは、午前十時ごろであった。

応接室で、秋山課長、飯島係長と会う。

「蔵吉の落下地点からマンションの玄関に至る芝生の中から、紙製の粘着テープの切れ端が発見されました。そのテープから四個の指紋が検出され、その四個とも、八潮須麻子の指紋と一致しました」

　張りのある声で、飯島が告げる。

「声をあげないように、粘着テープで口をふさいだのですね」

　蟹沢の目が、ギョロッと光る。

「そうです。マンションの室内からも、おなじ粘着テープが発見され、その切れ端と破り取られた部分とが、ぴたりと合いました」

「須麻子は、殺人容疑になりますね」

「ええ。すでに逮捕して、留置しました。蔵吉の解剖の所見も出ました。血液からアルコールが検出されて、その濃度は泥酔状態とのことです。口元から粘着剤を検出したという鑑識の報告も出ました」

「泥酔するまで酒を飲ませ、粘着テープで口をふさいで、十一階のベランダから投げ落としたということですね」

「そのとおりです。欄干の手摺りの金属製のパイプには、蔵吉の指紋が付いておりました。ところが、検出個所は、パイプの上部だけで、パイプの外側からは検出されておりません。自分で乗り越えたのなら、パイプをつかむことになり、外側にも付くはずです」

「自殺と見せかけるために、パイプに指紋を付けたものの、上部にだけ蔵吉の指を押し当てて、かえって他殺がバレましたね」

「マンションの室内の指紋も綿密に調べました。その結果、蔵吉と須麻子以外の指紋が二個検出されました。弓状紋と渦状紋で、大きさから男の指紋と推定されておりますが、照会したところ、二個とも該当する指紋がないとのことです。この指紋の男を共犯と見ております」

「逮捕歴や犯歴のない男ということになりますね」

「ええ、そうです。この男は逃亡したはずです。地取り捜査をして目撃者を探しております」

「須麻子は、東京の銀座六丁目のバー〈ウララ〉のホステスをしていて、パトロンは蔵吉ですが、ヒモがおります。大友連合、金渕組の組員で、仁田山明、三十五歳です。この仁田山も一枚嚙《か》んでいる可能性があります。帰って、アリバイを捜査します」

「おねがいします」

と、飯島が頭を下げる。

「いやいや、こちらこそ、お世話になりました」

「紹介していただいた民宿の魚が、おいしくて、はるばる来た甲斐《かい》がありました」

相馬が、言葉をそえる。

秋山が、にこっと相馬に笑いかけた。

「ところで、該当者のいない二個の指紋のコピーをいただけませんか」

おもいついたように、相馬が言った。

飯島が、うなずいて立っていく。もどってくると、そのコピーを相馬に渡した。

「蔵吉の遺族は来ましたか？」

と、蟹沢が問いかける。

「奥さんの佐美子さん、娘の里奈さん、運転手の宮下さん、この三人が来ました。解剖もおわりましたので、ホトケを引き渡しました。お骨にして持ち帰りたいとのことなので、手続きをとり、葬儀社を紹介しました」

秋山が、こたえる。

それから間もなく、礼を言って、この署を出た。

捜査専用車に乗りこむ。国道二八号を走行しながら、無線電話で、蟹沢が、北多摩署と連絡をとる。佐藤が出た。仁田山明のアリバイの捜査をたのむ。

「よし、わかった。みやげの心配はいらないから、気をつけて帰ってくれ」

と、佐藤の声が返ってくる。

「課長が、みやげものの請求をしているよ」

「淡路サービス・エリアで、何か安いものでも買っていきますか」

洲本インターから、神戸淡路鳴門自動車道に入る。

企業舎弟

1

　兵庫県警、洲本警察署からの帰途、相馬の運転する捜査専用車は、中央自動車道の大月ＪＣＴまでは順調な走行だったが、談合坂《だんごうざか》サービス・エリアの近くで、大型トラックどうしの追突横転事故が発生し、渋滞にまきこまれて、やっと北多摩署に帰り着いたのは、午後十一時半ごろだった。

　刑事部屋に顔を出すと、宿直の森がいて、

「仁田山には、アリバイがあった。二十五日の夜は、十時ごろから十一時半ごろまで、歌舞伎町の焼き肉屋で、女と飲み食いをしていたそうだ。焼き肉屋の店長の供述から、まちがいないということだ」

そう告げたのだった。

——翌、一月二十八日。

相馬は、午前九時半ごろ出署した。

刑事部屋に入ると、佐藤と久我、蟹沢が顔をそろえていた。

「お早《は》ようございます」

と、挨拶《あいさつ》をすると、

「ご苦労さんだったね」

めずらしく、久我が、ねぎらいの言葉をかける。

淡路サービス・エリアで、鳴門ワカメを買ってきたのである。蟹沢が、それを渡したのだろう。

——ワカメのせいか。

そうおもいながら、自分の席につく。

それから間もなく、机の電話が鳴った。

受話器を取る。

「ウマさん、おれだ」

新宿柏木署の市川だった。

「小亀のこと、わかったんだね？」

「ああ、小亀勇、三十三歳は、大友連合、岩尾組の組員、と判明した。逮捕歴がないから、指紋を採取されていない。ウマさんでも手強いほど強いのは当然でね、相撲部屋にいたんだそうだ。怪我で相撲をやめている。この岩尾組は、金渕組とちがって、経済ヤクザでね。組事務所は、歌舞伎町二丁目にあって、構成員は約三十名。組長は、岩尾達治、五十八歳。殺人と常習賭博、恐喝の前科持ちだ」

「前科から見ると、組長の岩尾は、昔のヤクザだね」

「そう。持病の糖尿病で、入退院を繰り返している。ところが、幹部に、ひとり凄いのがいる。大神秀行、四十五歳だ。詐欺と横領の前科持ちの知能犯でね。この大神が、岩尾組を取り仕切っている」

「そいつが、経済ヤクザか」

「そうだ。いまでは、地下金脈の大物と言われている。前にも言ったが、大友連合は、広域組織暴力団で、傘下に八団体をかかえている。岩尾組は、この八団体の中でも、ランクはトップで、上納金も最高だそうだ。そして、実質的な組長は、大神と見られている。街金や不動産会社などの企業舎弟、三十数社に出資し、金利を吸いあげて、千億円単位の金を動かしているという情報がある。小亀は、この大神の用心棒だ」

「〈クラヨシ〉の陣野は、蔵吉の指示で、金渕組を使っていると言っていたが、金のない金渕組はダミーで、蔵吉の金主は、大神だったのかもしれないね」

「蔵吉が、大神の企業舎弟だったという可能性なら、あるんじゃないか」

「岩尾や大神、小亀らの資料ファイルをファックスでたのむ」

「ああ、送るよ」

市川が、電話を切る。

間もなく、そのファックスが送られてきた。

顔写真によると、岩尾は、細面《ほそおもて》で貧相だった。年は五十八だが、六十半ばに見える。大神は、面長で、額が広く、目鼻だちが整っていた。知性的だし、温厚な感じもする。ヤクザらしさはなくて、大会社の部長クラスに見える。身長一七〇センチ、体重約七〇キロ、となっていた。

小亀は、身長一八五センチ、体重約一三〇キロ、と記載されている。

この日は、午後五時から捜査会議がはじまった。

北多摩署は、いつもの顔ぶれだった。

黒田ら第六係の刑事らが出席したし、中藤も顔を見せた。

「兵庫県警、洲本署の管内で発生した、蔵吉殺人事件について報告いたします」

と、蟹沢が口を切る。つづけて詳細に報告して、

「八潮須麻子に共犯がいることは、たしかです。マンションの室内から、蔵吉と須麻子以外の二個の指紋が検出されております。男の指紋と推定されていて、照会したところ、二個とも該当する指紋がないとのことです。洲本署も、この指紋の男を共犯と見ております」

「蔵吉が、淡路島のリゾート・マンションにひそんでいるのを、須麻子が共犯者に知らせたのかね」

と、黒田が口を出す。

「須麻子には、仁田山というヒモがおります。このヒモを通して、共犯の男の耳に入ったものとおもわれます」

蟹沢は、そうこたえて、

「須麻子は、泥酔するほど蔵吉にウイスキーを飲ませ、眠りこんだところで、口を粘着テープでふさいだ。声をあげられると、犯行に支障をきたすからです。そのときすでに、共犯者を室内に引き入れていたものとおもわれます。そして、眠りこけている蔵吉をベランダに運び出すと、自殺に見せかけるために、欄干《らんかん》の手摺《てす》りの金属製のパ

イプに蔵吉の指を押し当てて指紋を付けた。ところが、指紋をパイプの上部にだけ付けて、外側に付けなかった。自分で乗り越えたのなら、パイプをつかむから、外側にも付くはずです。この指紋の付着状態だけでも、他殺とわかります。十一階から投げ落として、いちばん先に駆けつけた須麻子は、蔵吉の口から粘着テープを剝《は》ぎ取った。そのとき、蔵吉の上唇《うわくちびる》に剝離《はくり》したような傷が生じたわけです。共犯者は、おそらく、須麻子といっしょにエレベーターで降りて逃亡したものでしょう」

「しかし、蔵吉殺害の動機は？」

と、久我が質問する。

「蔵吉は、公判で、シロクロをつける、と言っていたそうです。九十億円もの株券のパクリです。蔵吉の単独犯とは考えられません。公判で、そのことを、はっきりさせるつもりでいたんでしょう。やはり口封じとおもわれます」

蟹沢は、確信ありげな口ぶりだった。

「飛田が殺されたとき、現場の〈飛田商会〉の社長室から、飛田と女性事務員の田所宏美の指紋以外に、三個の指紋が検出されております。大きさから男の指紋と推定され、照会したところ、三個とも該当する指紋はありませんでした。弓状紋が二個と渦状紋が一個です。これが、その三個のコピーです」

相馬は、そう言うと、紺のブレザーの内ポケットから、コピーを取り出して広げた。

みんなの目が、相馬に集中する。

「淡路島のマンションの室内からも、二個の指紋が検出されております。男の指紋と推定されていますが、二個とも該当する指紋がないとのことです。これが、その二個の指紋のコピーです」

相馬は、ポケットから、また、コピーを取り出して広げ、

「これも弓状紋と渦状紋です。鑑識に照合してもらったところ、〈飛田商会〉で検出された三個の指紋のうちの二個と一致したとのことです」

「ええっ、なんだって！」

佐藤が、頓狂《とんきょう》な声をあげる。

「ウマくん。そりゃ、えらいことだよ」

中藤の目も声も大きくなる。

「そういう大事なことは、前もって報告しなさい。国会の質疑だって、前もって打ち合わせをしているんだからね」

久我は、例のしぶい顔で、相馬を睨《にら》んだ。

「指紋から見て、飛田殺しと蔵吉殺しは、同一犯人ということになります」

蟹沢の声は冷静だった。

「カニさんは、ウマくんから聞いていたのかね？」

中藤が、蟹沢に目を移す。

「いいえ、初耳です」

「おどろきますよね。わたしだって、びっくりしたんですから」

けろっとした顔で、相馬が言った。

「あっはっはっはは……」

と、鴨田が笑い出す。

「笑っている場合じゃない」

久我が、鴨田を睨みつける。

「いきなり、三馬身ほどリードしたね」

中藤が、相馬に笑いかける。真顔にもどって、

「ウマくんには、まだ隠し玉がありそうだね？」

「飛田のホトケをカーペットで丸めて運び出した二人組のうちの一人は大男と目撃されております。〈飛田商会〉にいた田所宏美は、いま、新宿・歌舞伎町のスナック

〈宵待草〉でホステスをしております。この店へ飲みに行き、中学のころ宏美と同級だったという小亀勇、三十三歳と顔を合わせました。身長一八五センチ、体重約一三〇キロの大男です。そのとき、喧嘩《けんか》を売られて渡り合いましたが、相撲部屋にいたことがあるそうで、手強い相手でした」

「で、勝負は、どうなったんだね？」

と、佐藤が乗り出す。

「背負い投げで倒しました」

「うーん。やっぱり、ウマさんは強いねえ」

と、佐藤が唸《うな》った。

「〈飛田商会〉にいた宏美と、大男の小亀は繋《つな》がっているんだね？」

と、黒田が念を押す。

「そういうことになります」

「小亀の犯歴は？」

つづけて、黒田が問いかける。

「逮捕歴がないので、指紋は採取されておりません」

「すると、当然、該当する指紋がないということだね？」

「そうです」

「そうだとすると、飛田のホトケを運び出した大男は、小亀ということになる」

久我が、語気を強めた。

「そして、十一階から、蔵吉を投げ落としたのも、小亀ということかね」

つづけて、佐藤が言った。

「小亀の身元は？」

中藤が、肝心なことを訊《き》く。

「大友連合、岩尾組の組員です。組長の岩尾は、持病の糖尿病で、入退院を繰り返しているとのことで、幹部の大神秀行、四十五歳が組を取り仕切っております。この大神が、経済ヤクザで、地下金脈の大物と言われていて、街金や不動産会社などの企業舎弟、三十数社に出資し、金利を吸いあげて、千億円単位の金を動かしているそうです。小亀は、この大神の用心棒をしております」

「それで、読めた！」

久我が、めずらしく机を叩《たた》いて、

「飛田と蔵吉は、大神の企業舎弟だったとおもわれます。九十億円の株券のパクリも、大神が後ろで糸を引いていたに相違ありません。そして、口封じのために、小亀を使って、飛田と蔵吉を殺した。小亀を引っぱりましょう」

「小亀は、〈飛田商会〉にいた宏美と中学の同級生で、大男というだけです。指紋も採れていないのに、引っぱるわけにはいきません」

と、相馬が言い返した。

「引っぱって、指紋を採ればいい」

久我が、高飛車になる。

「大男で、宏美と付き合いがあるだけでは、逮捕状は出ません」

蟹沢が、相馬の肩を持つ。

「小亀と大神の捜査をすすめよう」

佐藤が、気負いこむ。

「待ってください」

と、相馬が口を入れた。

「なんだね、ウマくん？」

「経済ヤクザで、千億単位の金を動かしている男です。頭のいいのは当然です。捜査の手が伸びたと知ったら、小亀を消しかねませんし、海外へ逃亡する可能性だってあります。しばらく時間をください。小亀の指紋を採ります」

「どうやって、採るんだね？」

と、佐藤が訊く。

「ウマくんに、まかせよう」

きっぱりと、中藤が言った。

「飛田殺しと蔵吉殺しは、小亀の犯行が濃厚になった。やっと先が見えてきた。しかし、青酸カリ入りビール事件と、〈クラヨシ〉の専務、朝長殺しは、まだ目途《めど》が立っていないんだからね」

そう言って、黒田が表情を翳らせる。

2

二課の若杉係長から電話がかかってきたのは、一月三十日の午後三時ごろだった。

おりよく、相馬は席にいて、受話器を取った。

「江草百合子さんの遺族が、わかりました」

と、麗子が告げる。

「えっ、わかったんですか」

おもわず、声がはずむ。

佐藤や久我、蟹沢らの視線が、相馬にあつまる。

「百合子さんは、小学生のころ、父親に、中学生のころ、母親に死なれています。二人とも病死だそうです。それで、母親の妹、叔母に引き取られて育てられました。その叔母が、蔵吉邸のお手伝い、塩谷勝子さんです」

「ええっ、あの勝子さんが……」

こんどは、おもわず、声が大きくなる。

「身内は、姪《めい》ひとり、叔母ひとりだったそうです。その姪の百合子さんが、蔵吉の運転する車の助手席に乗っていて死亡したということです」

「わかりました」

相馬は、受話器を持ったまま頭を下げた。表情が暗くなっている。

「蔵吉は、淡路島のリゾート・マンションで殺されたんだそうですね」

「ええ。現場へ行ってきました」

「青酸カリ入りのビールが、もし塩谷さんの犯行だとしたら、早まった気がします」

「とにかく、当たってみます。ありがとうございました」

相馬は、もう一度おじぎをして、受話器を置いた。

麗子の電話の内容を告げる。この前、麗子からかかってきた電話の内容も報告しているのである。

「うーん。あの、お手伝いさんがねえ」

佐藤の口から唸り声がもれる。

「事実は小説より奇なり、というが、ほんとだねえ」

久我は、宙を見つめた。

相馬と蟹沢は、この刑事部屋を出た。

捜査専用車で、蔵吉邸に走る。

裏木戸に寄せて、車を停めた。木戸を開けて、勝手口に向かう。

チャイムのボタンを押した。

「どなた？」

勝子の声が訊いてくる。

「相馬です」

ガラス戸が開いて、

「お玄関から、いらっしゃればよろしいのに。……どうぞ」

勝子が、顔を和《なご》めて請じる。

キッチンから、ダイニング・ルームに入った。

「奥さんは？」

と、蟹沢が問いかける。

「お買いもので、お出かけです」

「きょうは、塩谷さんに話があって来ました」

と、相馬が告げる。

「わたしにですか？」

勝子が、怪訝《けげん》げな表情を見せる。

「ビールに青酸カリを入れたのは、あなたですね？」

おだやかに、相馬が切り出す。

「相馬さんは、やさしいけれど、やっぱり刑事さんですね」

勝子が、真顔になった。動揺の気配を見せずに、

「わたしです。蔵吉をねらったのに、泥棒が死ぬなんて、おもいもよらぬことに、なってしまいました」

「どうして、蔵吉をねらったのですか？」

「わたしの父は職業軍人で戦死しました。姉とわたしは、母に育てられました。その

母も亡くなり、姉は結婚して、江草姓になりました。姉夫婦に女の子が生まれました。百合子という、かわいい子でした。姉の亭主が結核で亡くなり、姉も感染して後を追うようにして亡くなってしまいました。そのころ、百合子は中学生でしたので、わたしが引き取って育てました。わたしは、独身で看護婦をしておりました。百合子は、大学を卒業して、ＯＬになり、勤め先が〈クラヨシ〉でした。器量のいい子でしたから、社長の蔵吉の目に留まったのでしょう。肉体関係を持つようになりました。百合子の様子から、それを察して問い詰めると、蔵吉との関係を認めました。会社を辞めなさいと申しましたが、聞きませんでした。四年前のことです。百合子は、蔵吉の運転する車の助手席に乗っていて、八王子市内で交通事故に遭《あ》い、病院へ運ばれましたが、三日後に死にました。蔵吉は軽傷だったそうですが、電話一本かけてきませんでした。葬式にも来なくて、総務課長をよこしただけでした。見舞金や香典も微々たるものでした。蔵吉の冷たいやり方には、それこそ、はらわたが煮えくり返りました。わたしは、六十歳で看護婦を辞めて、家政婦などをしておりました。そして二年前に、蔵吉の家が、住み込みの、お手伝いを求めているのを求人広告で知り、面接で気に入られて、ここで働くようになりました。接してみると、なおのこと、蔵吉が、おもいやりのない、手前勝手で横柄な男とわかりました。ババァ呼ばわりをされたとき、百合子の仇《かたき》を討とうと肚《はら》を決めました」

気性が、しっかりしているのだろう、勝子の言葉つきは、はきはきしている。

「青酸カリは、どうやって手に入れたんですか？」

と、相馬が質問する。

「先ほど申しましたが、父は職業軍人でした。戦争に負けて辱《はずかし》めを受けるような事態になったときの自決用として、母に青酸カリの入った小瓶《こびん》を渡しておりました。母の亡きあと、その小瓶を形見として持ちつづけていたのでございます」

「ビールに入れたのは、いつでしたか？」

「一月六日です。昼ごろ、冷蔵庫を開けると、ビールが一本しか入っていなくて、酒屋に電話で注文しました。あの日です。残っていた一本に入れました」

「どうやって入れたんですか？」

「瓶の蓋《ふた》の上に十円玉を載せて、栓抜きで開けると、蓋に傷がつきません。その前にためしてみたんです。そうやって開けて、青酸カリを入れると、すぐ蓋をしました」

「何十年も前の青酸カリですよね」

「ええ。でも、ガラスの小瓶でしたし、蓋もガラスで密封されておりましたから、空気に触れなくて、変化しなかったんだとおもいます」

「その小瓶には、まだ青酸カリが残っていますね？」

「ええ」

「どうしました？」

「また密封し、テープでグルグル巻きにして、ビニール袋に入れ、燃えないゴミとして出しました。まさか泥棒が飲むなんて、かわいそうなことをしてしまいました」

「蔵吉は、あなたのほかにも命をねらわれていたんです。早まりましたね」

残念そうに、蟹沢が口を入れる。

「百合子が死んで、天涯孤独です。老人ホームのつもりで、刑務所に入ります」

「面会に行きますよ」

「やっぱり、相馬さんは、やさしいんですね」

勝子が、はじめて涙ぐむ。

「専務の朝長さんも殺されましたね」

「いい方だったのに、お気の毒に……」

「蔵吉とちがって、恨《うら》まれるような人ではなかったのですね？」

「ええ、そうですとも」

勝子は、うなずき、指先で目頭を押えてから、

「奥さんが、かかわっているのではないかと、おもいます」

「どういうことですか？」

相馬の眼差しが、するどくなる。

蟹沢の目も、ギョロッと光った。

「正月の三日は、来客が多くて、会社からは、朝長さん、陣野さん、西森さんが来ておられました。奥さんも接待に出ておりました。女のカンでございますが、そのとき、奥さんと陣野さんの接し方を見て、普通ではないような気がしました」

「ふたりの仲ができているとか？」

と、蟹沢が問いかける。

「ええ。そのように感じました。もしかすると、朝長さんも気づいておられたのではないでしょうか」

「一月二十四日ですがね。奥さんは外出しましたか？」

つづけて、蟹沢が訊く。

「ええ。お昼ごろ、お出かけになりました」

「帰ったのは？」

「夕方でした。六時ごろだったとおもいます。気分が、わるそうな感じで、すぐに二階へ上がってしまいました」

「わかりました」

蟹沢が、顎《あご》を引く。

3

窃盗犯、真坂善次が、蔵吉邸のキッチンで、青酸カリ入りのビールを飲んで死亡したのは、一月七日の午前一時三十分ごろである。

この日、北多摩署の特捜本部は、蔵吉の妻、佐美子と、娘の里奈、塩谷勝子、運転手の宮下日出夫の指紋を採取している。

蟹沢は、高輪南署の目黒係長に、佐美子に関する勝子の供述を電話で報告すると、佐美子の指紋をファックスで送った。

朝長が殺された現場は、港区高輪四丁目の〈高輪タワーホテル〉一四〇七号室である。採証のために、このツイン・ルームは、徹底的に指紋の検出がおこなわれている。

高輪南署の鑑識係は、この部屋から検出した多数の指紋と佐美子の指紋を照合した。

その結果、二個が佐美子の指紋と一致した。右手の人差し指と中指の指紋であった。

高輪南署は、殺人容疑で、蔵吉佐美子の逮捕状をとり、自宅で逮捕して、署へ連行した。

調べ室で、取調べに当たったのは、目黒と蟹沢である。婦警二名が立ち合った。

目黒が、机をはさんで、佐美子と向かい合う。蟹沢は、机のわきに控えた。二名の婦警は、部屋のすみの椅子《いす》にすわる。

佐美子は、セミロングの髪をオールバックふうに無造作に後ろへ掻《か》きあげていた。目鼻だちの整った顔に憔悴《しょうすい》の色を滲《にじ》ませている。化粧っ気のないせいか、四十二という年より老けて見えた。ダークグリーンのセーターの肩を落として、うなだれている。

「朝長さん絞殺現場のツイン・ルームから、あなたの指紋二個が検出されております。朝長さんの首を絞めたのは、あなたですか？」

と、目黒が口を切る。

「わたしじゃ、ありません」

佐美子が、顔をあげた。

「証拠の指紋が残っているんですよ」

「わたしじゃ、ありません」

佐美子が、おなじ言葉を繰り返す。

「それじゃ、だれです？」

間を置かずに、目黒が問いかける。

「陣野です」

佐美子は、はっきりと言った。

「〈クラヨシ〉の取締役で総務部長の陣野武司、四十七歳ですね？」

蟹沢が、たしかめる。

「ええ」

佐美子は、ちらっと蟹沢を見た。

「田島茂という偽名を使って、ホテルにツイン・ルームを取ったのは、だれですか？」

目黒が、質問をつづける。

「陣野です」

「あなたが、あの一四〇七号室に入ったのは、いつですか？」

「二十四日です」

「一月二十四日ですね？」

「ええ」

「何時でした？」

「午後一時ごろでした」

「そのとき、陣野は、一四〇七号室にいましたか？」

「ええ」

「ふたりで何をしましたか？」

「いえ、べつに……」

「ベッドには使った形跡があって、女性の毛髪や陰毛が検出されているんですよ」

「あの、……寝ました」

佐美子が、顔をふせる。

「人を殺す前に情を交わしたんですね？」

「陣野に、おそわれたんです」

佐美子が、顔をあげた。

「ふたりの関係は、いつからですか？」

「蔵吉と結婚する以前からです」

「何年前ですか？」

「五年ほどになります」

「朝長さんを殺す動機は？」

「陣野との仲を知られたからです」

「知られたのは、いつですか？」

「十五日です」

「今年の一月十五日ですね？」

「ええ」

「それまで、朝長さんに気づかれなかったのですね？」

「ええ」

「十五日に、どうして？」

「横浜のホテルで会っているところを、たまたま朝長に見られてしまったのです。朝長は、ビジネスで人に会いに来ていたのですが、そのとき、見て見ぬふりをしました」

「しかし、殺すほどのことはないでしょう」

「朝長は、蔵吉に忠実です。告げるに決まってます。陣野が、蔵吉が帰ってくるまでに始末してしまおうと言いました」

「一四〇七号室に、どうやって呼び出したのですか？」

「朝長は、会社の専務室に直通の電話を持っております。携帯電話で、その電話にかけました。——いま主人と〈高輪タワーホテル〉の一四〇七号室にいます。主人が会いたいと申しております。わたしが、そう言うと、朝長は、疑いもせずに、——これから、うかがいます、と言って電話を切りました」

「朝長さんが来たのは、何時でしたか？」

「三時ごろでした」

「午後三時ですね」

「ええ」

「それで？」

目黒が、うながす。

「陣野が、ドアのわきに隠れていて、朝長が入ってくると、いきなり、後ろからネクタイで首を絞めました。朝長が死んだのをたしかめてから、首吊り《くびつ》自殺に偽装して、通風口にホテルの浴衣の帯をかけて吊るしました。踏み台に見せかけて、足元に椅子を倒しておきました」

「首を絞めたのも、午後三時ごろになりますね？」

蟹沢が、確認をとる。

「ええ」

佐美子が、蟹沢に目を向けた。

朝長の死亡推定日時は、一月二十四日の午後三時前後となっている。

「それから、どうしました？」

と、目黒が問う。

「あとはまかせろ、と陣野が言ったので、部屋を出ました」

「家へ帰ったのは、何時でした？」

と、蟹沢が訊いた。

「六時ごろだったとおもいます。食事する気にもなれず、すぐに二階へ上がって、ワインを飲みました」

そう供述すると、佐美子は、また力の抜けたように肩を落として、うなだれた。

陣野武司、四十七歳も、殺人容疑で逮捕し、高輪南署へ連行して取り調べた。

取調べに当たったのは、目黒と蟹沢であった。

陣野の供述は、佐美子の供述を裏付けるものだった。

「蔵吉が殺されるなんて考えもしなかった。人を殺しても、殺されるような男ではない、そうおもっていた。とにかく、頭が切れて、肝っ玉の太い、こわい男だった。佐美子との仲を知られたら、抹殺されるとおもった。ところが、蔵吉が殺された。あせったのが、まずかった。早まったことをした。しかし、これだけは断わっておく。朝長を殺してくれと、たのんだのは佐美子だ」

陣野は、こう供述して、口を閉じた。

供述

1

二月四日の朝、相馬のマンションへ、大二郎から電話がかかってきた。

「小亀の指紋、採ったよ」

あかるい声で告げる。

「やったか」

はずみぎみの声になる。

「ああ。ママに協力してもらって、恭子が採ってきた。水割り用のグラスだ。いま、ビニール袋に入れて、おれの手元にあるんだけど、どうする?」

「九時に、国立駅南口で、どうだ?」

「ああ、いいよ」

「じゃ、な」

と、電話を切る。

相馬が、国立駅南口の改札口を出たのは、九時に五分前だった。

それからじきに、大二郎も改札口から姿を見せた。

大事そうに、白いビニール袋を持っている。

笑顔を合わせ、肩を並べて歩き出す。大学通りをすすんで、喫茶店に入った。

奥のテーブルにすわる。

大二郎が、白いビニール袋を差し出した。相馬も、大事そうに受け取る。袋の口を開けて覗《のぞ》いた。グラスが一個、透明の小さなビニール袋に入っている。

二人は、コーヒーをたのんだ。

「ありがたい。たすかるよ。ウグイス嬢に、よろしく言ってくれ」

「まだ、アーン、アーン、ケキョ、ケキョだけどね。恭子の話によると、〈クラヨシ〉は、つぶれそうだって。社長の蔵吉と専務の朝長が殺されたんだからね。おまけに、朝長を殺したのが、取締役総務部長の陣野と蔵吉の女房の佐美子だもんね。取り締まられ役ばかり残って、シッチャカ、メッチャカだそうだ。ビールに青酸カリを入れたのが、お手伝いさんだったのも、おどろきだよね」

「ああ。いい人なんだけど、薄幸なんだね。これで、蔵吉邸に残ったのは、娘の里奈さんと運転手の宮下さんだけになってしまったね」

「娘は、実のオフクロのところに泊まっているよ。国分寺市光町にある〈クレストホームズ〉というマンションだ」

「おまえ、そんなことまで調べたのか」

「ああ。蔵吉邸の留守番は、宮下だけだ」

大二郎は、そう言って、熱いコーヒーを一口すると、ニヤッとわらって、

「蔵吉邸には、シェルターがあるよ」

「なにっ、シェルターが。さては、やったんだな？」

「まあ、ね」

「どこにあるんだ？」

「キッチンの床下に収納庫があるよね」

「ああ。あの収納庫なら調べている。床板に、引き起こしの取っ手が二つ付いていて、蓋が二枚になっていた。大きさも計っている。縦一二〇センチ、横九〇センチ、深さ六〇センチだったな」

「へーえ、おぼえているんだ。ウマさん、意外と頭がいいんだね」

「意外は、ないだろ」

「その収納庫の底の板が動くようになっていてね。釣りバリのような先のとんがったもので、すみの一枚を引っかけると、それがはずれて、あとの底板が横にずれて、口が開くんだ。階段で地下に降りられる。コンクリートの壁で八畳ほどの広さだ。換気孔もあってね。壁際に段ボール箱が積んであった。ミネラル・ウォーターや缶詰、乾パンなどの非常食や、毛布など寝具類が、その段ボール箱に詰まっていた。そして、金属製のトランクが二個、段ボール箱に入っていたんだ。トランクには、カギがかかっていたけど、札束が、びっしり詰まっていた」

「それで、手数料を頂戴《ちょうだい》したわけか」

「まあ、ね」

大二郎が、会心の笑みを見せる。

それから間もなく、二人は、この喫茶店を出た。

国立駅南口へもどる。

南口交番の前に、北多摩署のパトカーが停まっていた。

相馬は、大二郎と別れて、そのパトカーに乗りこむと、北多摩署へ走った。

大二郎から受け取った白いビニール袋を、そのまま鑑識係に手渡して、中のグラスの指紋の検出と照合を依頼した。

それから一時間足らずで、その結果が出た。

ただちに刑事らが招集され、中藤も駆けつけて、捜査会議がはじまった。

「ウマさんが、ついに小亀勇の指紋を採りました」

威勢のいい声で佐藤が発表する。

「小亀が、スナック〈宵待草〉でウイスキーの水割りを飲んだグラスから、指紋を検出することができました。鮮明に検出されたのは、弓状紋と渦状紋の二個で、淡路島のマンション〈ブループレジデント〉から検出された二個の指紋と一致しました。〈飛田商会〉から検出された三個の指紋のうちの二個とも一致したことになります」

と、相馬が報告する。

「これによって、飛田殺しと蔵吉殺しは、小亀の犯行と断定いたします」

めずらしく、久我が声を張りあげた。

「やったね、ウマくん」

中藤が、にこっと相馬に笑いかける。

「三年前に飛田と離婚した丸沼雅代の所在がわかりました。昭島《あきしま》市中神町《なかがみちょう》のアパートに住んでいて、立川市内の料理屋の仲居をしております」

　と、黒田が発言する。

「立川なら、うちの管内だから、灯台下暗《とうだいもとくら》しでしたね」

　と、鴨田が口を入れた。

「離婚の理由を問いただすと、飛田はヤクザだったから、と供述しました。組の名前などは知らないと言っております」

　と、黒田が報告する。

「よし、小亀の逮捕状を請求しよう」

　と、中藤の語気が強まる。

「大神が逃亡する可能性があります。主犯は大神で、小亀に殺人の教唆《きようさ》をしたものとおもわれます。同時に、大神の逮捕状も、おねがいします」

　相馬が、進言する。

「よし、わかった。ウマくん、もう第四コーナーをまわったね。ゴールへ一直線だ」

　中藤の声が、あかるくなって、また、にこっと笑いかけた。

2

小亀勇、三十三歳を殺人容疑で、大神秀行、四十五歳を殺人と殺人教唆の容疑で、それぞれ逮捕して、北多摩署へ連行した。まず、小亀から調べ室に入れた。

取調べに当たったのは、相馬と蟹沢である。

相馬が、机をはさんで小亀と向かい合い、蟹沢が、机のわきに控えた。

黒いズボンの小亀の尻は、椅子から大きくはみ出していた。グレーのブルゾンの肩が盛りあがって、太い首がめりこんでいる。坊主頭の地肌が見えていた。

「あんたか……」

細い目を相馬に向けて、小亀のほうから口を切る。

「ここには柔道場がある。もう一度やってみるか？」

気さくな調子で、相馬が話しかける。

「あんたは強い。喧嘩《けんか》して、はじめて負けたよ」

「相撲部屋にいたんだって？」

「ああ」

「どうして、やめた？」

「膝《ひざ》を痛めたんだ」

「いつから、大神の子分になったんだ？」

「おれは、社員だ」

「大神は？」

「社長だ」

「組長の岩尾は？」

「会長だ」

「へーえ。おまえたちの組は、株式会社か」

「有限会社だ」

「社名は？」

「〈岩尾《いわお》企画〉だ」

「人殺しを企画しているんだな？」

「いろいろ商売やっているよ」

「おまえ、体のわりに声が小さいな」

「腹ペコなんだ」

「じゃ、店屋物でも取って、いっしょに食うか」

「うん」

「何が食いたい？」

「中華がいいな」

「チャーシューメンとギョウザ、大盛りのライスで、どうだ？」

「うん」

小亀が、顔を和《なご》ませる。

蟹沢が、立って出ていく。じきにもどってくると、

「注文してきた」

そう言いながら、椅子にすわる。

「どういうわけで、社員になったんだ？」

「相撲をやめてから、いろいろバイトをしてたんだ。あまり金にならないから、腹が減るよな。そんなとき、たまたま宏美と会ったんだ。あいつは、中学の同級生だ。金になる働き口を探していると言うと、大神社長を紹介してくれた。宏美は、いまでもそうだが、大神の愛人なんだ。それで、社長の会社で働くことになった」

「入社したのは、いつだ？」

「もう、六年になるよ」

「大神の用心棒だろ？」

「いや、社員だ」

「給料は、いいのか？」

「腹いっぱい食ってるよ」

「〈飛田商会〉にも、淡路島のマンションにも、おまえは指紋を残している。証拠は、そろっている。正直に言わないと、食わせないからな」

「言うよ」

「蔵吉は、〈美浜建設〉の株券、約九十億円をパクった。その株券を不動産会社、〈石橋商事〉の石橋鉄雄に貸した、と言っている。おまえは、石橋を知っているな？」

「ああ」

「大神と石橋は、どういう関係だ？」

「石橋は、社長から金を借りていた。ほかにも借金があって、首がまわらなくなっていた」

「大神は、蔵吉と組んでいたんだな？」

「ああ」

「蔵吉は、大神の企業舎弟か？」

「支店みたいなものだ」

「なるほど、企業舎弟は支店になるわけか。ところで、石橋を、どうした？」

「おぼえてないよ」

「とぼけたって、だめだ。さっきも言ったろ、証拠はそろっているんだ。石橋を、どうした？」

「ほんとに食わせてくれるのか？」

小亀が訊き返す。

「心配するな。食わせてやる」

苦笑をもらしながら、蟹沢が口を出す。

そのとき、鴨田と森が入ってきた。

小亀の前に、チャーシューメンとギョウザ、ライスの大盛りを並べる。

相馬の前にも、おなじものが並んだ。

蟹沢は、チャーシューメンだけだった。

いっせいに食べはじめた。ものも言わずに食べる。

蟹沢が、スープを飲んで、ドンブリを置いたとき、小亀と相馬も食べおわっていた。

「あんたも食うね」

満足げな顔で、小亀が、相馬に言う。

「ああ、おれも大食いでね」

「強いはずだ」

小亀が、納得した顔になる。

また、鴨田と森が入ってきて、皿や小皿、ドンブリなどを下げていく。

「石橋を、どうした？」

相馬が、質問を再開する。

「おとしのことだからな」

「石橋は、一ヵ月期限の約束で、株券の預かり証を書いて印鑑を押している。そのこと、知ってるんだろ？」

「蔵吉の清里の別荘で、社長と蔵吉、石橋とおれ、四人で、一杯やっていた。そのとき、社長が、石橋の前に五千万円の札束を置いて、これをくれてやるから逃げろ、ぜったいに姿を見せるな、と言った。石橋は、借金で首がまわらなくなっていたから、五千万円をもらって逃げる気になった。そのとき、預かり証を書かせて、判を押させたんだ」

「おととしの、いつだ？」

「十月の半ばごろだったかな」

「石橋は、十月二十四日から姿を消している。その日じゃないのか？」

「そうかもしれない。一杯やっているとき、おれは、後ろから石橋の首を絞めた。社長命令でやったんだ」

「何で絞めた？」

「ネクタイだ」

「それから？」

「死体をビニール袋に入れて、それを大きなバッグに入れた。小柄だったし、ねじまげたりしたから、大きなバッグなら入った。社長命令なんだから……」

「わかっている。大神に逆らえなかったんだろ」

「うん」

「それで？」

「車のトランクに入れて運んだ。蔵吉が、沼津のハーバーにクルーザーを持っていたんだ。バッグの死体を、そのクルーザーに乗せると、蔵吉の運転で走り出した」

「時刻は？」

「走り出してから、間もなく夜が明けた」

「おまえと大神も乗っていたんだな？」

「うん」

「それで？」

「駿河湾を出て、沖へ走り、バッグから死体を出して、裸にしてから、車のチェーンを巻きつけて、海に投げこんだ」

「飛田は、事情聴取されたとき、金融ブローカーの横塚英二という男の名前を出している。横塚を知っていたのか？」

「社長と付き合いがあったんだそうだ。交通事故で死んだのを知っていて、飛田は、横塚の名前を出したんだろう。横塚は殺していない。ほんとの交通事故だ」

「どうして、飛田を殺したんだ？」

「飛田は、社長の出資で、街金をやっていた。株の売買もやっていて、株には、くわしかったが、赤字つづきだった。それで、お目付役に宏美を送りこんだ。ところが、飛田が、宏美に手を付けたのを知って社長が怒った。金がらみもあったとおもう」

「飛田を殺したのは、いつだ？」

「去年の十二月だ」

「何日か、おぼえているか？」

「二十日ごろだったかな」

飛田の死亡推定日時は、昨年十二月十九日の午後八時前後となっている。

「どうやって殺した？」

「社長命令だった」

「わかってる」

「八時ごろに行くとは言ってあった。社長と二人で出向いたんだ。金庫を開けて、現金と帳簿を見せろ、と社長が言った。飛田は、おれたちに背中を向けて金庫を開けた。そのときをねらって、後ろから首を絞めた。そして、金庫の中を空っぽにした。いろいろ用意して、車で来てたんだ。社長とおれは、作業服に着替えて、カーペットを持ちこんだ。死体をカーペットで巻いて運び出し、車に積んで、国立の多摩川の近くへ走った」

「どんな車だった？」

「白のライトバンだ」

「作業服の色は？」

「カーキ色だ」

「どうして、あんなところまで運んだんだ？」

「社長は、土地を買う気で、あのへんを物色したことがあって、あの公園を知ってたんだ。首吊りに見せかけて吊るした」

「何時だった？」

「吊るしたのは、真夜中だった。何時か、おぼえていない」

「吊るすのに、どんな紐《ひも》を使った？」

「白いビニールのロープだ」

「宏美は、おまえと社長が、飛田を殺したのを知ってたんじゃないか？」

「それは、どうかな。たとえ知ってたとしても、宏美は口を割らないよ」

「蔵吉を殺したのは、なぜだ？」

「社長は、蔵吉に金を貸していた。二十億円を超えたと聞いたことがある。そこで、社長と蔵吉は、相談し、計画して、〈美浜建設〉の株券九十億円をパクった。その株券を、株にくわしい飛田を使って売った。社長は、蔵吉に貸した二十何億円かを取って、残りを分けたんだ、とおもう。くわしいことは知らない。蔵吉は、罪をひとりで、ひっかぶるつもりで、社長とも約束してたんじゃないのかな。ところが、飛田が殺された。石橋殺しも共犯になっている。自分も殺されるんじゃないかと、おもいはじめたころ、自分の家で、青酸カリ入りのビールを飲んで泥棒が死んだ。こわくなったとおもうよ。須麻子を連れて逃げ出した。公判で、シロクロを、はっきりさせると言っているという噂《うわさ》も聞こえてきた。蔵吉にゲロされたら、社長もおれも、ヤバイことになる。蔵吉の口を封じよう、と社長が言い出した」

「蔵吉を探していたのか？」

「うん。須麻子は、大友連合、金渕組の仁田山の女だ。仁田山に電話で居場所を話した。金渕組は、うちとおなじ大友連合だから、仁田山から情報が入った。社長とおれは、車で淡路島へ走った。須麻子には、仁田山を通して言いふくめた。二十四日は下見をして、いったん神戸へもどって泊まった。あくる二十五日の夜、洲本市へ入った。夜が更《ふ》けてから、車を、あのマンションの近くに停めた。須麻子とは、午前二時と打ち合わせがしてあった。二時ごろ行くと、玄関にカギがかかっていなかった。蔵吉は、鼾《いびき》をかいて寝てたよ。声を出されると、ヤバイから、おれが押えつけて、須麻子が、口に粘着テープを貼りつけた。おれが、かかえあげて、ベランダの手摺りに蔵吉の指紋を付けてから、投げ落とした。三人いっしょにエレベーターで降りて、須麻子だけ、蔵吉のところへ走り、社長とおれは、車のほうへ走った。断わっておくけど、何もかも社長命令でやったんだからな。社長命令には、そむけないんだ」

小亀は、こう供述すると、吐息をもらして、椅子に寄りかかった。一三〇キロの体重をささえきれなかったか、椅子が、きしんで後ろへ倒れた。小亀も、あおむけに、ひっくり返る。床に頭を打ちつけて、

「いてえっ」

と、呻《うめ》いた。

つぎに、大神を調べ室に入れた。

相馬が、向かい合い、蟹沢が、わきに控える。

小亀が自供したことを告げ、その自供内容を聞かせた。

「あの馬鹿、ペラペラしゃべりやがったのか」

大神は、そう言ったきり、何を問いかけても、一言も口を利かなかった。

この夜、二階の会議室で打ち上げが、おこなわれた。

北多摩署は、いつもの顔ぶれだったし、第六係の黒田らも顔を並べた。

そして、中藤の音頭《おんど》で、茶碗酒の乾杯をした。

「ウマさんのために、乾杯」

こんどは、佐藤が音頭をとる。

「よくやった。ウマくん。ご苦労さん」

中藤が、ねぎらいの言葉をかける。

「あのう……」

「なんだね、ウマくん？」

「言いわすれておりましたが、蔵吉邸には、シェルターがあります。床下の収納庫から、地下のシェルターに降りられます」

「ほう、シェルターがね。降りてみたのかね？」

「降りる階段を見ただけです」

「そんなこと、どうして知ったんだね？」

不審げに、久我が問いかける。

「わたしは、泊まりこみの警備をしております」

相馬は、そうこたえた。

「事件に関連があるかどうか、そのシェルターの捜索が必要です」

と、久我が進言する。

翌日、里奈の立ち合いを得て、シェルターの捜索がおこなわれた。

ミネラル・ウォーターや缶詰、乾パンなどの非常食や、毛布などの寝具が、段ボール箱に詰まっていた。

金属製のトランク二個も、段ボール箱に入っていた。そして二個とも、カギがかかっていた。

里奈の承諾を得て、鑑識係員が、解錠し、トランクを開けた。

一個には、一万円の札束が、びっしりと詰まっていた。数えると、二億円あった。もう一個には、一億七千万円の札束が入っていた。

「まあ、どうしましょう」

里奈が、おどろきと困惑の表情を見せる。

「三億七千万円か。こりゃ、困ったことになったよ。まっとうに稼いだ金か、事件性のある金か、わからないからね」

佐藤は、頭をかかえた。

「どうしますかね」

と、久我も考えこむ。

「ひとまず、銀行に預けましょう」

と、相馬が提言する。

「とりあえず銀行に預けて、一課長に相談することにするか」

佐藤が、ほっとした顔になる。

「銀行を呼んでください」

と、久我が指示する。

「つぶれない銀行を」

つづけて、鴨田が声をあげた。


——翌日。

若杉係長から、相馬に電話がかかってきた。

「やったわね。おめでとう。警視総監賞って噂よ」

麗子の口調が、いっそう親しげになる。

「係長の、おかげですよ」

「係長なんて呼ばないで、麗子と呼んでください」

「は、はい、麗子さん」

相馬の長い顔が赤くなる。

佐藤や久我、蟹沢、鴨田らの視線が、いっせいに相馬にあつまる。

「スキーが、お上手なんですってね」

「いや、それほどでも……」

「おしえてほしいわ」

「ええ。そりゃ、もう、ねがったり、かなったりで……」

「わたしは、すべったり、ころんだりね」

「休暇をとりますので、いつでも……」

「予定を立てて、また電話します」

「はい、たのしみにしてます」

「じゃ、ね」

たのしげな声で、麗子が電話を切る。

相馬は、受話器を置いた。顔が、ほころんでくる。

「麗子さんというのは、二課の若杉係長のことかね」

と、佐藤が訊《き》いた。

「そうです」

「ようよう。ウマさん、やったね。総監賞より、うれしいんじゃないの」

鴨田が、笑顔で、ひやかす。

「へーえ」

と、久我が声をもらし、まじまじと相馬を見つめて、

「ちかごろは、長い顔が、モテるのかねえ」

「顔じゃありません。ハートですよ」

蟹沢が、そう言って、胸を叩《たた》く。

解説

木下信子
（太田蘭三氏秘書）

作家が書いた原稿を四百字詰めの原稿用紙に清書してくれる人を探していると紹介されたのが、一九八一年、太田蘭三との出会いでした。

その後、ワープロ、パソコンとこちらの仕事は変わっても、太田は最後までペンを走らせていました。本人は決してＩＴが苦手などとは言いません。書いている「間《ま》」が大事なのだと言います。直しも二本の棒線ではなく、何が書いてあったのかわからないほどにペンでグルグル消してあります。

「棒線でいいですよ」と言ったこともありましたが、「グルグルしながら次の文章を考えているんだ」という答えでした。

太田の字は読みにくいという人が多いようです。それが、私にはすんなりと読めたのが、一冊が二冊になり、三十年以上も秘書を続けることになった最大の理由かもしれません。

悪筆というより、むしろ味のあるいい字だと思っています。

太田蘭三は昨年（二〇一二年）十月に旅立ちました。今シーズンのスキーを楽しみにしていましたので、十日余りの入院であっけなく逝《い》ってしまい、あの笑顔が二度と見られないということを現実として実感できずにいます。

何にでも好奇心旺盛でした。飽《あ》きるということを知らないようです。電車に乗っても周囲をジロジロ、スナックに知らない人が入ってきてもジロジロ、それも盗み見ではなくジロジロなので、時には袖《そで》を引くことになります。それが物書きの性《さが》なのでしょうか。普通、人は自分の好きなことにだけ興味を示すと思うのですが、太田の場合、かなり全方向型なのです。

山ですれちがった人の服装にはじまり、旅館やホテルの大浴場の位置、構造などまで、小説に使うつもりということを抜きにしても、何十年も覚えていて、驚かされることがありました。記憶力も大変よかったようです。寒空の夜、建設中のビルの前に立ち止まって長いこと見上げていたりしていたことも度々《たびたび》でした。

そして負けず嫌いでもありました。人にできることは自分にもできると思っていて、年齢的に無理などとは考えません。時に相手を困らせることになります。事あるごとに運転免許を取りたいと、教習所の先生にお願いしていました。最近は実際運転するというより、作品の中で思う存分走らせたいということのようでした。

五十九歳でスキーを始めましたが、女の子ばかりひいきするインストラクターが気に入らないと三十分ほどでスクールを中退した話は有名です。それが今や「太田レーシングチーム」と銘打って毎冬に編集者とスキーに行くほどになっていました。後年スキーが冬の生活にかなりのウエイトを占めていたように思います。

退職した方、異動になった方に、新しい担当者が加わるので、毎年人数は増えてきましたが、皆さんが参加してくださるのを楽しみにしていました。夜は一室に集まり酒を呑《の》み盛り上がります。太田の昔話はおもしろいのですが、何度もおなじ話を聞く人が増えてきます。初めて聞く人は喜んでくれますし、編集者もなかなか「その話、もう聞きました」とは言い出せません。それでも大浴場で一緒にお風呂に入り、各社入り混じっての会も年を重ねると、「先生、その話、上手になりましたねえ。真打ちですね」などとちゃちゃを入れる人もいて、また大笑いとなるのです。「太田レーシングチーム」は最近「ランニング」部門もできつつありました。太田はもちろん応援隊長です。「昔は俺も走った」という話などしながら。

取材にもたびたび出かけました。昔は、二人でザックを背負って山を歩いたりもしましたが、さすがに無理になり、編集者に同行していただき、会津、隠岐、長野、四国、東北、九州などなど、車で走り回りました。伊豆大島に行った折、自分の大好きな「くさや」を大量に注文し、初めて食べる編集者三人に勧めるので「帰りの船の中でも、息が臭《くさ》くて参った」そうです。現地取材がモットーの太田は、書いている途中にも「もう一度」ということが間々ありました。次作で予定していた候補地に行けなかったのは、編集者も残念がってくださいました。

学生時代には書くのが憚《はばか》られるような武勇伝もいくつかあったようです。命を落としていてもおかしくない場面も何度かあったと聞きましたが、それも、どこまでが本当で、どこからが脚色なのか、だれにもわかりません。

スキー以前は「吉原《よしわら》大学卒業」と言っていましたが、最終学歴は「スキースクール中退」と変更になりました。もしかして、「自動車教習所中退」となっていた可能性も？

そんな太田は気が短く、編集者にも怒鳴ることがありました。ある時、新しく担当になった方が、「小説に出てくる料理の本を出しましょう」と提案されました。太田は繰り返しの提案に切れて、焼肉屋さんで「俺は書き下ろし一本でやっているんだ。短編もエッセイも書かない。料理の本は料理人に書かせろ」と大声を出しました。当の太田は、プラス志向で根に持つことなどなく、次にはもう忘れたかのように振る舞うのですが、怒られた方は忘れられません。「太田さんに怒られた話」もたくさんあります。

趣味と言えば料理も好きでした。テレビの料理番組を見ては、取り入れていました。出刃《でば》から鰺切《あじき》り包丁《ぼうちょう》まで、荒砥《あらと》から仕上げ砥まで、ひととおり揃《そろ》えるのは、男の方にありがちなパターンでした。ウナギ、ステーキが好きで、朝から食べていると話しては、編集者に「僕たちより若いですねえ」と驚かれ、自慢そうに笑っていました。

もちろんアルコール歴は七十年と、計算が合わないほどに長く、禁酒したのは、何回かの入院時だけ。へび年生まれだからというわけではありませんが、正真正銘の「うわばみ」でした。ポリフェノール流行《ばやり》で赤ワインなどたしなんでいた時期もありましたが、最近は夏でも芋焼酎《いもじょうちゅう》のお湯割りで、「お湯を先に入れる」という九州で仕入れた知識を、以後しっかり守っていました。

お酒と言えば、スナックでのカラオケがあります。昔は聞いてばかりでしたが、どこかで、「音痴《おんち》なんでしょ」としつこく言われたからと、とつぜん歌い出しました。若い編集者に教えてもらった歌を「意外性の受け狙い」で歌っていましたが、音楽の耳はよかったようで、だいぶ上手になり、演歌からポップスまで幅広く歌いました。先日もスナックのお客さまが、太田の歌っていた曲ばかりを歌って偲《しの》んでくださり、皆さまに愛されて、本当に幸せな先生だったと思います。

読者の方からのファンレターは、圧倒的に年配者が多く、六十代、七十代、八十代、時には九十代の方からもいただきました。たまに女子高校生や二十代の女性からの読後評が届くと、ひとしきり話題になるほどでした。ミステリーでありながらユーモア小説とも言えそうな場面が多く、これは太田の性格のなせる業《わざ》なのだと思います。

焼き鳥の串を呑んで開腹手術をした話を書いた時、「どうしてそんなバカげたことを考えつくんだ」と言われましたが、実際に経験したことです。

ノータリンクラブというのも、仲間の親睦会の名前です。よそで名乗っても、「ご冗談を」と信じてもらえなかったと言っていました。これも、本に出てきます。クタバラーズクラブを作りたいと年賀状に書いたら、すぐに入会申し込みがありました。常にそんなことを考えている人でした。

「子どもは書きたくない」といっていたのも、子どもを殺人現場にかかわらせたくなかったのでしょう。

本当に長く、読者の皆さまに愛していただき、支えていただきました。「辻褄《つじつま》が合わなくなったら教えてくれよ」と編集者にお願いしながら、最後まで長編書き下ろし一本でこられたことを、本人も幸せなことと思い、大変誇りに思っておりました。

読者の皆さま、そして頑固《がんこ》で我儘《わがまま》な太田を支えてくださった編集者の皆さまに、感謝の気持ちでいっぱいです。心からお礼申し上げます。ありがとうございました。

今年も数冊の文庫化が決まっております。これからも作品で皆さまのお目に触れる機会のある「作家」という職業は幸せです。

テレビをはじめマスコミへの露出の少なかった太田のあれこれを読者の皆さまにお話しして、今ごろ、空の上で怒っているでしょうか。

いや、

「先生のことだから、まだ三途《さんず》の河原《かわら》で渡《わた》し守《もり》と酒を呑んでいるのでは」

編集者がつぶやきました。案外、そんなところかもしれません。

「先生。名前入りの原稿用紙が、だいぶ残っていますよ」

本書は二〇〇二年九月に光文社文庫より刊行されました。講談社文庫収録にあたり、シリーズ名を「警視庁北多摩署特捜本部」にあらためました。なお、地名等は作品執筆当時のものです。

|著者| 太田蘭三　1929年、三重県生まれ。中央大学法学部卒業後、同人誌「新表現」を経て、1956年、時代小説でデビュー。長年続けてきた登山と釣りの経験を生かして、山岳推理の第一人者となる。アウトドア作家で名探偵の〝釣部渓三郎〟シリーズは圧倒的人気を誇っている。〝顔のない刑事〟〝北多摩署〟シリーズをはじめ、『破牢の人』『白の処刑』『闇の検事』など冤罪ミステリーにも話題作が多い。2012年10月逝去。享年83。

殺人《さつじん》理想郷《りそうきょう》　警視庁《けいしちょう》北多摩署《きたたましょ》特捜本部《とくそうほんぶ》

太田《おおた》蘭三《らんぞう》

講談社文庫

定価はカバーに
表示してあります

2013年２月15日第１刷発行

発行者——鈴木　哲
発行所——株式会社　講談社
東京都文京区音羽2-12-21　〒112-8001
電話　出版部（03）5395-3510
　　　販売部（03）5395-5817
　　　業務部（03）5395-3615

Printed in Japan

デザイン—菊地信義
本文データ制作—講談社デジタル製作部
印刷———豊国印刷株式会社
製本———株式会社千曲堂

ISBN978-4-06-277462-8

講談社文庫刊行の辞

二十一世紀の到来を目睫に望みながら、われわれはいま、人類史上かつて例を見ない巨大な転換期をむかえようとしている。

世界も、日本も、激動の予兆に対する期待とおののきを内に蔵して、未知の時代に歩み入ろうとしている。このときにあたり、創業の人野間清治の「ナショナル・エデュケイター」への志を現代に甦らせようと意図して、われわれはここに古今の文芸作品はいうまでもなく、ひろく人文・社会・自然の諸科学から東西の名著を網羅する、新しい綜合文庫の発刊を決意した。

激動の転換期はまた断絶の時代である。われわれは戦後二十五年間の出版文化のありかたへの深い反省をこめて、この断絶の時代にあえて人間的な持続を求めようとする。いたずらに浮薄な商業主義のあだ花を追い求めることなく、長期にわたって良書に生命をあたえようとつとめるところにしか、今後の出版文化の真の繁栄はあり得ないと信じるからである。

同時にわれわれはこの綜合文庫の刊行を通じて、人文・社会・自然の諸科学が、結局人間の学にほかならないことを立証しようと願っている。かつて知識とは、「汝自身を知る」ことにつきていた。現代社会の瑣末な情報の氾濫のなかから、力強い知識の源泉を掘り起し、技術文明のただなかに、生きた人間の姿を復活させること。それこそわれわれの切なる希求である。

われわれは権威に盲従せず、俗流に媚びることなく、渾然一体となって日本の「草の根」をかたちづくる若く新しい世代の人々に、心をこめてこの新しい綜合文庫をおくり届けたい。それは知識の泉であるとともに感受性のふるさとであり、もっとも有機的に組織され、社会に開かれた万人のための大学をめざしている。大方の支援と協力を衷心より切望してやまない。

一九七一年七月

野間省一

講談社文庫　目録

講談社文庫　目録

折原みと　天国の郵便ポスト
折原みと　おひとりさま、犬をかう
面高直子　ヨシアキは戦争で生まれ戦争で死んだ
岡田芳郎　世界一の映画館と日本一のフランス料理店を山形県酒田につくった男はなぜ忘れ去られたのか
大城立裕　小説　琉球処分（上）（下）
太田尚樹　満州裏史〈甘粕正彦と岸信介が背負ったもの〉
大島真寿美　ふじこさん
大泉康雄　あさま山荘銃撃戦の深層（上）（下）
大山淳子　猫弁〈天才百瀬とやっかいな依頼人たち〉
大倉崇裕　小鳥を愛した容疑者
海音寺潮五郎　新装版　列藩騒動録（上）（下）
海音寺潮五郎　新装版　江戸城大奥列伝
海音寺潮五郎　新装版　孫子（上）（下）
海音寺潮五郎　新装版　赤穂義士
加賀乙彦　高山右近
加賀乙彦　ザビエルとその弟子
金井美恵子　噂の娘
柏葉幸子　霧のむこうのふしぎな町
柏葉幸子　ミラクル・ファミリー

勝目梓　悪党図鑑
勝目梓　処刑猟区
勝目梓　獣たちの熱い眠り
勝目梓　昏《くら》き処刑台
勝目梓　眠れない
勝目梓　生《いけ》贄《にえ》
勝目梓　剝《は》がし屋
勝目梓　地獄の狩人
勝目梓　鬼畜
勝目梓　柔肌は殺しの匂い
勝目梓　赦《ゆる》されざる者の挽歌
勝目梓　毒と蜜
勝目梓　秘戯
勝目梓　鎖の闇
勝目梓　呪縛
勝目梓　恋情
勝目梓　覗く男
勝目梓　小説家
鎌田慧　空港〈25時間〉

鎌田慧　新装増補版　自動車絶望工場
桂米朝　米朝ばなし〈上方落語地図〉
笠井潔　梟《ふくろう》の巨《おお》なる黄昏《たそがれ》
笠井潔　群衆の悪魔〈デュパン第四の事件〉
笠井潔　ヴァンパイヤー戦争《ウォーズ》1〈吸血神ヴァーオゥの復活〉
笠井潔　ヴァンパイヤー戦争《ウォーズ》2〈月のマジックミラー〉
笠井潔　ヴァンパイヤー戦争《ウォーズ》3〈妖僧スペシネフの陰謀〉
笠井潔　ヴァンパイヤー戦争《ウォーズ》4〈魔獣ドゥゴンの跳梁〉
笠井潔　ヴァンパイヤー戦争《ウォーズ》5〈謀略の礼部クーデター〉
笠井潔　ヴァンパイヤー戦争《ウォーズ》6〈秘境アフリカの女王〉
笠井潔　ヴァンパイヤー戦争《ウォーズ》7〈蛮族トゥトゥインガの逆襲〉
笠井潔　ヴァンパイヤー戦争《ウォーズ》8〈ブドゥールの黒人王国〉
笠井潔　ヴァンパイヤー戦争《ウォーズ》9〈ルビヤンカ監獄大襲撃〉
笠井潔　ヴァンパイヤー戦争《ウォーズ》10〈魔神ネヴセシブの覚醒〉
笠井潔　ヴァンパイヤー戦争《ウォーズ》11〈地球霊ガイ・ムーの聖婚〉
笠井潔　鮮血のヴァンパイヤー〈九鬼鴻三郎の冒険1〉
笠井潔　疾風のヴァンパイヤー〈九鬼鴻三郎の冒険2〉
笠井潔　雷鳴のヴァンパイヤー〈九鬼鴻三郎の冒険3〉

2012年12月15日現在